소년이여, 요리하라!

소년이여, 요리하라!

초판 1쇄 펴낸날 2015년 11월 23일
초판 13쇄 펴낸날 2023년 5월 12일

지은이 | 금정연 김남훈 김보통 노명우 박찬일
       손아람 손이상 오은 이명석 전계수 황인철
펴낸이 | 홍지연
펴낸곳 | (주)우리학교

편집 | 홍소연 고영완 이태화 전희선 조어진 서경민
일러스트 | 이다
디자인&아트디렉팅 | 정은경
디자인 | 권수아 박태연 박해연
마케팅 | 강점원 최은 신종연 김신애
경영지원 | 정상희 곽해림

등록 | 제313-2009-26호(2009년 1월 5일)
주소 | 04029 서울시 마포구 동교로12안길 8
전화 | 02-6012-6094
팩스 | 02-6012-6092
이메일 | woorischool@naver.com

ISBN 978-89-94103-99-0 43810

소년이여, 요리하라!

자립 지수 만렙을 위한 소년 맞춤 레시피

금정연
김남훈
김보통
노명우
박찬일
손아람
손이상
오 은
이명석
전계수
황인철

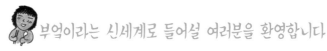# 부엌이라는 신세계로 들어설 여러분을 환영합니다

이 책은 요리의 '요' 자도 모르는, 평소에 밥 한 번 해 본 적 없는 대한민국의 평범한 소년들에게 자신의 삶을 가꾼다는 것의 의미, 즉 '어른이 되는 법'에 대해 이야기를 건네고자 기획되었습니다.

여러분은 '어른'이라는 말을 들으면 어떤 모습을 떠올리시나요? 멋진 직업을 갖고, 돈을 벌어 어서 부모님으로부터 독립해 자기만의 공간에서 자유롭게 살아가는 모습을 떠올릴 수도 있을 것입니다. '이다음에 커서 뭐가 되고 싶어?'라는 질문에서부터 출발해 미래에 어떤 직업을 가질지 고민하는 것은 아마 그리 낯설지 않은 일일 거예요.

오늘은 조금 다른 이야기를 해 보려고 합니다. 한 사람이 성인, 다시 말해 어른이 된다는 것의 의미는 여러 가지 면에서 찾을 수 있겠지만 '삶을 스스로 돌볼 수 있는 능력을 갖추는 것'이 그중 하나가 아닐까 싶어요. 자신이 먹을 음식을 만들고 식사 후 쌓인 그릇을 설거지하며, 몸에 걸치는 옷을 빨고 개킬 줄 알고, 머무르는 공간을 쓸고 닦을 줄 아는 능력. 어찌 보면 아무것도 아닌 것 같은 이 기본적인 생활 능력이 언젠가 부모님 곁을 떠나 한 사람

소년이여, 요리하라!

의 성인으로 살아갈 청소년들이 꼭 알아야 할 기술 아닐까요? '자립 능력', 자신의 몸과 마음으로 삶을 더 풍요롭게 만드는 기술 말입니다. 그런데 우리 사회는 청소년들에게 이러한 능력을 키울 것을 격려하지 않습니다. 어쩌면 우리는 '더 학벌이 좋은 학교에 가서 더 연봉이 높은 직업을 갖고 더 많은 돈을 벌어서 이 모든 것을 돈으로 해결해라.' 하고 청소년들의 등을 떠밀고 있는 것은 아닐까 하는 생각도 들어요.

음식을 만드는 일, '요리'는 일상을 가꾸는 일 가운데서도 많은 연습과 시행착오가 필요한 일입니다. 누군가에게는 즐거운 일일 수도 있지만 누군가에게는 귀찮거나 아주 어려운 일일 수도 있겠지요. 그러나 고급 재료를 사용하지 않아도, 화려한 기술이 없어도 스스로 만든 한 그릇의 음식은 그 자체로 의미가 있습니다. 과정과 결과를 내 눈으로 코로 확인하고 입으로 몸으로 느끼는 동안, 어디에 내놔도 자랑스러울 요리나 누가 볼까 무섭게 폭망한 괴식이 탄생합니다.

그 과정에서 썩어 가기 직전의 재료를 구해 내는 절약 정신, 어떻게 하면 더 맛있게 혹은 편리하게 또 멋지게 먹을 수 있을까를 고민하는 창의력, 이번 요리는 망해 가고 있다는 걸 진즉에 깨달았지만 그래도 끝까지 포기하지 않는 패기, 되돌릴 수 없는 부분은 과감히 버리는 결단력, 맛있는 것 한번 먹어 보겠다고 개고 생하는 지구력, 내가 직접 무언가를 해냈다는 자부심과 성취감, 살림살이를 잔뜩 벌려 놓은 부엌을 원상 복구시키는 책임감이 만나고 융합하고 폭발하지요.

이쯤에서 "왜 소년인가요? 소녀도 있잖아요?" 하고 묻고 싶을지도 모르겠어요. 물론 자립 능력을 갖추는 것은 소녀와 소년 모두에게 중요합니다. 그런데 왜 '소년+요리'냐 하면, 언젠가는 여러분도 한 사람의 어른 남자가 될 테니까요. 그래요, 요리를 통해 '남자의 자립'에 대해 함께 이야기해 보고 싶은 거예요.

인생을 스스로 결정하고 책임지는 시기가 다가올 때, 여러분은 어떤 어른이 되고 싶나요? 모두가 '요리왕'이 될 필요는 없습니다. 모두가 화가, 기술자, 회사원, 운동선수가 될 필요가 없는 것처럼요. 그러나 생존과 자립을 위해 음식을 만드는 능력을 갖출 필요는 있습니다. 어린이에서 청소년이 되는 동안 혼자 세수를 하고, 옷을 입고, 이불을 갤 수 있게 된 것처럼 소년의 시기를 지나 어른이 되었을 때는 누구의 도움 없이도 일상을 가꾸는 능력이 '레벨업!'되기를 바랍니다.

'먹방', '쿡방'이 대세인 요즘에는 요리를 즐기는 남자들이 늘

소년이여, 요리하라!

어나지 않았을까 싶기도 하지만, 여러분 가운데 엄마가 해 주시는 밥보다 아빠가 해 주시는 밥을 더 많이 먹고 자란 사람은 그리 많지 않을 거예요. 만화나 소설에서도, 드라마나 영화에서도 그렇잖아요. 왜 그럴까요?

아마 아직 어른이 되지 않은 평범한 남자들, 그러니까 상대적으로 소년들은 엄마가 없는 동안 살아남기 위해 음식 만드는 법을 배워 본 적도, 더 행복하고 풍성한 삶을 위해 요리를 해 보라는 격려를 받아 본 적도, 내가 만든 음식을 누군가와 나누는 기쁨과 즐거움이 무엇인지 느껴 본 적도, 이것이 한 사람의 어른이 되기 위해 갖추어야 할 능력이라는 이야기를 들어 본 적도 없기 때문 아닐까요? 소녀들에게 어머니 혹은 할머니가 롤모델이 되듯이 일상을 직접 책임지는 남자 어른을 가까이서 마주할 수 있었다면 조금 다르지 않았을까 하는 생각도 들고요.

먹고 나면 눈앞에서 사라지는 음식이 탄생하기 위해 얼마나 많은 땀과 노력이 필요한지는 직접 해 보지 않고서는 알 수 없습니다. 그것을 만들고 먹고 나누는 재미가 얼마나 근사한지도요. 요리를 통해 삶을 돌볼 수 있게 되면 지금까지 알지 못했던 새로운 즐거움을 발견할 수 있을 거예요. 어쩌면, 지금까지 짐작조차 하지 못한 놀라운 변화가 찾아올지도 모릅니다. 내가 먹고 싶은 재료를 골라 내 힘으로 만든 요리가 맛있기까지 하다면 얼마나 신이 날까요? 게다가 내가 만든 음식을 누군가 먹고 '한 그릇 더!'를 외쳐 준다면 그건 더욱 금상첨화겠지요.

　그래서 먼저 어른이 된 형 또는 삼촌 열한 명이 모여 할 줄 아는 요리를 딱 한 가지씩 소개해 보기로 하였습니다. 셰프들이 하는 것처럼 화려하고 멋진 요리냐고요? 물론, 이 책에 등장하는 열한 그릇의 요리는 여러분의 눈과 입 그리고 손을 유혹하기 위해 준비되었지만 그야말로 요리 쌩초보, 손에 물 한 방울 안 묻혀 본 십 대 소년들이 도전해 볼 만한 음식입니다. 그러니 겁낼 것 없어요. 하다가 망쳐도 됩니다. 타거나, 짜거나, 설익었거나, 너무 익혀 형체를 알 수 없는 음식이라도 더 맛있는 다음 그릇을 위한 자양분이 되어 줄 테니까요. 이 책에는 음식에 얽힌 맛있는 추억과 쓰디쓴 실패담, 좌충우돌 도전기, 주변인들과의 일화와 함께 '선배 요리사'들이 다정하게 혹은 솔직하게, 그리고 소박하게 준비한 레시피가 담겨 있습니다. 자립 지수 만렙을 위한 소년 맞춤 레시피인 셈이지요. 더 멋지고 매력적인 남자가 되기 위한 필살기랄까요.

　음식을 만들어 누군가와 나누어 먹을 때도 있지만 혼자 먹게 될 때도 있지요. 그럴 때는 만화, 영화, 노래, 소설 등등이 좋은 겸상 친구가 됩니다. 시험이 끝난 날, 라면을 후후 불어 먹으면서 보는 만화책이 꿀잼인 것처럼요. 요리 이야기와 함께 "이거 먹을 때

소년이여, 요리하라!

이거랑 볼래?" 하고 가볍게 즐길 것도 챙겨 보았어요. 그중에는 요즘 소년들이 알 만한 작품도 있고, 잘 모르지 않을까 싶은 것도 있습니다. 주인이 자리를 비운 사이 형이나 삼촌 방에 들어갔을 때 '잘 모르지만 뭔가 있어 보이는' 어른의 낯선 취향을 마주하는 것처럼, 살짝궁 열어 둔 어른 남자들의 방 한 켠에서 설레고 두근거리는 이야깃거리를 발견하게 되기를요.

이 책에서 소개하는 열한 가지 요리 이야기를 듣고, 직접 해보고, 혼자 즐기거나 누군가와 나눠도 먹어 보고, 요리와 일맥상통하는 여러 가지 작품을 만나는 나날들이 즐겁기를 바랍니다. 어머니나 연인 또는 미래의 아내를 '돕기 위해' 요리하기보다는 '자기 자신을 위해' 한 그릇의 음식을 만들 줄 아는 사람이 되기를 바라요. '자립(自立)', 스스로 설 수 있을 때 비로소 다른 사람을 도울 수도 있을 테니까요.

오늘의 소년들이 독립하여 살림을 꾸리게 되는 날, 이 책이 일상을 소중히 여기고 돌볼 줄 아는 사람, 혼자여도 혹은 누군가와 함께여도 재미있고 풍성한 삶을 사는 어른이 되는 데 도움이 되면 좋겠습니다.

그럼, 흥미로운 시간이 되기를!

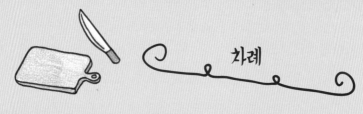

차례

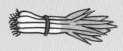

애호박전

+

김규삼, 『싸니다 천리마 마트』

: 이명석 :

열다섯 살에 생각이 너무 좋아 철학을 하기로 마음먹었다. 대학에서 책 만들기, 글쓰기, 만화의 즐거움을 발견했고, 졸업 후에 출판사와 잡지사에서 일했다. 스물다섯 살 무렵부터 글쓰기를 생업으로 삼아 이십 년 가까이 문화 비평가 겸 저술가로 활동하고 있다. 다양한 삶의 즐거움을 인문학적 호기심과 결합한 『고양이라서 다행이야』, 『여행자의 로망 백서』, 『지도는 지구보다 크다』, 『도시수집가』, 『모든 요일의 카페』, 『비포 컵 라이즈 뉴욕』 등의 책을 냈다. 청소년을 위한 책으로는 『논다는 것』, 『나의 빈칸 책 – 소년 소녀』, 『후회할 거야』가 있다. KBS 라디오 <문화공감>, <공부가 재미있다>에, SBS 라디오 <책하고 놀자>에 고정 출연 중이다.

프라이팬은 남자의 무기

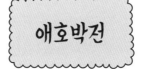

애호박전

"오늘 저녁엔 뭐 해 줄까? 뭐 먹고 싶어?"

엄마나 누나가 어쩐 일인지 기분이 좋아 이렇게 물어볼 수 있다. 너는 아마도 소파에 누워 〈무한도전〉을 보고 있거나, 스마트폰을 들고 게임에 열중이거나, 책상 앞에서 시험공부를 하고 있겠지. 그러니 별 생각 없이 머리에 떠오르는 음식의 이름을 내뱉게 될 거야. 하지만 신중해야 해. 마치 전략 시뮬레이션 게임에서 최후의 일전을 위해 어떤 병력을 뽑을까를 고민할 때처럼. 네가 지금 입 밖으로 내뱉는 음식 이름이 네 인생을 뒤바꿀 수도 있어.

○ ○ ○

나는 10살 때부터 부모님과 떨어져 대구에 있는 학교를 다녔다. 그렇다고 혼자 밥을 해 먹고 큰 건 아니다. 내 위로는 세 명의 누나들이 있었다. 초등학교 때는 큰누나와 지냈다. 내가 중학교에 갈 때쯤 큰누나가 결혼했고, 이번엔 둘째 누나와 지냈다. 내가 고등학생이 될 때쯤 둘째 누나는 취업을 위해 다른 지방으로 갔고 셋째 누나와 지냈다. 세 누나들이 나를 먹이고 키운 셈이다.

돌이켜 보면 누나들은 여자라는 이유만으로 많은 희생을 했다. 한창 친구들과 어울릴 대학 시절에 아침저녁으로 별로 귀엽지도 않은 남동생 밥을 차려 줘야 했으니. 그러나 나로서도 불만이 전혀 없었던 것은 아니다. 누나가 늦잠을 자 도시락을 싸 놓지 않으면, 젓가락을 들고 친구들 밥을 얻어먹어야 했다. 저녁 늦게까지 누나를 기다리다 혼자 라면을 끓여 먹은 적도 많았다. 외식 같은 건 생각하지 못했다. 약간의 용돈은 만화책, 보드게임, 야구 글러브 같은 걸 사기 위해 모아 두어야 했다.

그러던 어느 초여름이었다. 누나가 어쩐 일인지 기분이 좋아

소년이여, 요리하라!

져서 말했다. "오늘은 뭐 해 줄까?" 나는 만화책을 뒤적이고 있었다. 고향의 버스 정류장에 내리면 포장마차가 있는데, 거기에서 파는 부침개 냄새가 항상 나를 유혹하곤 했다. 그래서 말했다. "배추전?" 그러며 누나 쪽을 보는데 웬걸, 표정이 싸늘해져 있었다. "니는 꼭 해 달라꼬 캐도 제일 손 많이 가는 걸." 누나는 화를 내고는 집 밖으로 나가 버렸다. 억울했다. 언제 내가 먼저 해 달라고 졸랐나? 자기가 먼저 뭐 먹고 싶냐고 물어봤잖아. 아니, 힘들면 딴 걸 해 주면 될 거 아냐? 그리고 내가 그게 손이 많이 가는지 어떻게 알아? 해 봤어야지.

얼마 뒤 여름방학이 왔다. 보통 방학 때는 누나와 같이 고향 집으로 내려가 지내곤 했다. 하지만 나는 공부한다는 핑계로 돌아가지 않기로 했다. 누나가 퉁명스레 말했다. "밥은 우짤라꼬?" "알아서 할게." 누나도 지지 않았다. "나중에 엄마한테 뭐라 카지 마라." 그러면서 남은 식비를 던져 주고 갔다.

누나가 떠난 저녁, 나는 시장으로 갔다. 채소 가게 할머니 앞에서 주저주저하다가 배추를 집적거렸다. "이거 얼마라예?" 할머니는 시큰둥하게 대답하셨다. "뭐 할라꼬?" "배추전 해 먹을라꼬요." 할머니는 한심한 듯 나를 쳐다보셨다. 가끔 누나랑 시장에 갈 때 들르곤 했기 때문에 할머니는 내가 누나와 둘이서 자취 생활을 하고 있는 걸 알고 계셨다. "너거 누부야가 사 오라 카더나?"

"은지예. 지가 할 껀데예." 할머니는 피식 웃었다. "니는 머스마
가……. 전 부칠 줄 아나?" 나는 머리를 긁었다. 할머니는 속성으
로 전 부치기 강의를 해 주셨다.

언제나처럼 그해 대구의 여름은 뜨거웠다. 하지만 나는 굴하
지 않았다. 마치 쿵푸 팬더가 무술을 수련하듯이 전 부치기를 연
마했다. 밀가루 반죽을 너무 되게 해서 전이 빵처럼 부풀어 오르
기도 했다. 뜨거운 기름이 팔에 튀어 애를 먹기도 했고, 불 조절을
못해 숯하게 태워 먹기도 했다. 왜 하필이면 이 더운 여름날에 이
걸 하기로 마음먹었는지, 몇 번이고 후회를 하기도 했다. 하지만

소년이여, 요리하라!

여름이 끝날 무렵 팬과 나는 한 몸이 되었고, 어떤 채소든지 먹음직한 부침개로 변신시킬 수 있게 되었다.

방학이 끝났다. 이제 누나에게 나의 부침개 솜씨를 보여 줘야지. 그런데 누나는 부엌에 들어서자마자 소리를 내질렀다. "머스마야! 니 도대체 뭐 해 묵었노?" 그사이 내가 좁은 주방을 기름과 밀가루 범벅으로 만들어 버렸던 것이다. 나는 된통 야단을 맞으며 요리와 인생의 진리를 깨달았다.

"뒤처리할 줄 모르면 일을 벌이지 마라."

대학교에 들어간 뒤에는 하숙 생활을 하게 되었다. 엄마, 누나에 이어 하숙집 아주머니가 나의 밥상을 책임지게 된 셈이다. 우리 하숙집에서는 일주일에 한 번 주인아주머니의 휴일이 정해져 있었다. 식사는 다 마련해 두셨다. 하숙생들은 전기밥솥에서 밥을 덜고, 냄비에 있는 찌개를 데우고, 냉장고에서 밑반찬을 꺼내 먹으면 된다. 쉬는 날이어서 반찬에 신경을 더 쓰시는 편이었다. 그런데 그때 깨달았다. 대한민국의 남자들은 정말 주방을 무서워한다는 것을. 돈까스나 계란 부침을 데워 먹기만 하면 되는데, 그것도 못해서 짜장면을 시켜 먹곤 하는 거다.

한번은 시골집에 일이 생겨 아주머니가 갑자기 집을 며칠 비우게 되었다. 그래서 하숙집 큰형에게 돈을 맡기고 배달 요리라도 사 먹으라고 부탁하고 떠나셨다. 하숙집은 갑자기 엄마 없는 집에 친구들이 모여 놀고먹는 분위기가 되었다. 첫날부터 중화요리를 잔뜩 시켜 먹으며 흥청망청 지내다 보니 이틀 만에 돈이 떨어졌다. 게다가 묘하게 하숙집 사람들의 용돈도 거의 바닥난 상태였다. 그때 한 친구가 으스대며 말했다. "맞아. 오늘 나 과외 아르바이트 월급 타는 날이야." 우리는 남은 돈을 몰아 그 친구에게 건네주었다. "이걸로 점심 사 먹고 과외 잘하고 와." 그러곤 그날 저녁, 친구가 돌아오기를 학수고대했다. 예상보다 몇 시간이나 지난 뒤에 녀석이 녹초가 되어 들어왔다. "이번 주 과외 쉬는 날이었어." 녀석은 학생 집 문 앞에서 두 시간 동안 기다리다 겨우 그 사실을 깨달았다. 돌아올 차비도 없어 그냥 걸어왔다고 한다.(핸드폰 같은 건 없던 시절이었다.)

"라면이나 끓여 먹자." 선배 형의 입에서 쓸쓸한 목소리가 흘러나왔고, 나는 냉장고에서 김치를 꺼냈다. 그러다 혹시나 하고 찬장 아래를 열어 보았다. 밀가루가 있었다. 라면 냄비의 물이 끓는 사이에 나는 얼른 부침 반죽을 했다. 김치를 적당히 썰어서 넣었다. 그러곤 번개같이 김치전을 부쳐 식탁에 올렸다. 사람들의 눈이 돌아가는 게 보였다. 굶주림과 실망감이 컸던 탓이겠지만, 그날 나의 김치전은 온갖 찬사를 받았다.

소년이여, 요리하라!

공격력 99
방어력 99

프라이팬은
남자의 무기!!

　　대학을 졸업하고 오늘까지 나는 혼자 살고 있다. 요리는 필수가 되었고, 조리 기능사 과정을 수강하기도 했다. 그래도 제일 자신 있는 요리는 전 종류다. 전은 기본만 알면 속 재료를 바꾸어 부추전, 파전, 김치전, 배추전, 호박전 등등을 자유롭게 만들 수 있다. 오징어나 굴 같은 해산물도 좋다. 소고기나 닭고기도 안 될 건 없지만 고기를 굳이 전으로 만들어 먹을 필요는 없다. 전은 무엇인가? 고기가 귀하던 시절에 채소를 기름에 부쳐 고기 비슷한 맛을 냈던 거다. 전은 어떤 소스에 찍어 먹느냐에 따라 맛도 달라진다. 간장에 참기름 한 방울 혹은 간장에 식초와 청양고추도 좋다. 내가 어릴 때 좋아하던 배추전은 초고추장에 찍어 먹는다.

어쨌거나 나의 부침개 어플리케이션은 세계 여행을 통해 확장판을 설치하게 된다. 나는 20대 후반부터 외국 여행을 즐기게 되었는데, 빠듯한 예산으로 다니다 보니 번듯한 호텔보다는 게스트하우스 같은 곳을 주로 찾게 되었다. 게스트하우스는 좁고 딱딱한 침대에서 겨우 잠만 잘 수 있는 곳인데 의외의 장점이 있다. 나처럼 밥값을 아까워하는 가난한 여행자들을 위해 공동주방을 마련해 두고 있다. 그래서 근처의 재래시장에서 신선한 식재료들을 사서 현지식 요리를 해 먹을 수 있다.

여행객들끼리 각자 만든 요리를 나눠 먹기도 하고, 서로의 요리법을 배우기도 한다. 그런데 어느 나라나 자취생 요리는 비슷비슷하다. 특히 밀가루 반죽과 프라이팬을 이용한 요리가 꼭 있다. 핫케이크, 팬케이크, 크레페라 불리는 것도 부침개와 별다를 게 없다. 밀가루 반죽에 우유나 설탕을 넣고 부친 뒤 바나나나 잼 같은 걸 얹어 달달하게 먹는다는 게 차이랄까? 때론 햄이나 채소를 넣고 두툼하게 만들어 밥 대신에 먹는 경우도 있다.

나는 이렇게 배운 요리법을 한국에 돌아와서도 요긴하게 써먹고 있다. 특히 스페니쉬 오믈렛을 좋아한다. 스페인 친구들은 팬에 감자, 양파, 소시지 같은 걸 넣고 볶다가 계란과 밀가루를 섞은 물을 넣은 뒤 익힌다. 조금 두툼하게 구워서 내놓는데, 이게 한 끼 식사로 그만이다. 친구들과 보드게임을 할 때 피자처럼 잘라서 한

소년이여, 요리하라!

조각씩 먹으면 딱 좋다.

모든 소년들에게 부침개의 마스터가 되라고 권하고 싶지는 않다. 하지만 프라이팬과 불을 다룰 수 있는 남자가 되라고는 권하고 싶다. 팬에 약간의 기름을 두르고 불 조절을 잘해서 맛있는 계란 부침을 만들 수만 있어도 인생이 편해진다. 양파, 감자, 버섯, 피망처럼 냉장고에 남아 있는 채소들을 적당히 넣어서 볶다가 소금, 후추를 뿌려서 먹어도 한 끼는 해결된다. 조금 더 실력을 갈고 닦아 캠핑 같은 때에 팬을 멋지게 휘두르는 장면을 보여 줄 수 있다면 더 말할 나위가 없다.

애호박전

부침개는 크기가 커질수록 어려워진다. 왜냐하면 뒤집기가 어렵기 때문이다. 그러니 처음부터 크게 만들 욕심일랑 내려놓고 가장 쉬운 것부터 해 보자. 젓가락으로도 가볍게 뒤집을 수 있는 애호박이 가장 쉬운 편. 여기에 익숙해지면 부추전, 파전, 빈대떡처럼 좀 더 큰 부침개에도 도전해 보자.

* 재료: 애호박 1개, 밀가루(부침가루) 1/3컵, 계란 1개,
      식용유, 소금 약간
* 도구: 프라이팬, 도마, 칼, 나무젓가락, 비닐 봉투

① 먼저 애호박을 씻어서 둥근 모양 그대로 도톰하게 자른다.

② 밀가루를 비닐 봉투에 넣고, 그 안에 자른 애호박을 넣는다. 봉투의 입구를 잡고 쉐킷쉐킷 흔들어 애호박 표면에 골고루 밀가루를 묻힌다. 여기에 약간의 소금을 더한다.

③ 계란을 깨서 그릇에 담고 젓가락으로 휘저어 푼다.

④ 계란물에 ②의 애호박을 넣어 계란 옷을 입힌다.

⑤ 달군 프라이팬에 식용유를 얇게 두른다. 너무 많이 부으면 튀김이 되니 주의할 것!

⑥ 프라이팬에 ④의 애호박을 올려 가볍게 부친다. 애호박은 날로 먹어도 되니 앞뒤가 노릇할 정도로만 구우면 된다.

⑦ 완성된 애호박 부침개를 접시에 담아 먹는다.

먹으면서 이거 보면 꿀잼일걸?

우리 동네에 이런 마트가 있다면

김규삼, 『쌉니다 천리마 마트』

요리에 재미를 들이려면 친해져야 할 사람들이 있다. 바로 갖가지 음식 재료를 파는 가게 주인들이다. 가까운 편의점에서도 채소를 작은 포장으로 소분해 팔긴 하지만 신선도나 가격이 만족스럽지 못하다. 푸근한 재래시장을 단골 삼아도 좋겠지만 이런 시장이 집 가까이에 있으리란 보장이 없다. 그런 고로 아무래도 신선한 식재료를 구하기엔 대형 마트가 안전해 보인다. 게다가 이 만화,『쌉니다 천리마 마트』같은 곳이 있다면 당장 달려가고 싶을 것이다.

천리마 마트는 경기도 봉황시에 있는 가상의 대형 마트다. 원래는 장사 못하기로 소문난 곳이었다. 주변의 재래시장 상인들이

소년이여, 요리하라!

손님을 뺏어 가지 않아서 고맙다며 공로패를 전달할 정도였다. 본사인 대마그룹은 이 적자투성이의 마트에 정복동 이사를 사장으로 내보낸다. 문석구 점장은 두근두근하며 그를 기다린다. 정복동은 그룹의 창립 멤버이자 최고 실력자. 드디어 본사에서 마트를 되살리려고 특급 구원투수를 보낸다고 생각했기 때문이다. 그러나 그건 터무니

김규삼, 『쌉니다 천리마 마트 1』, 2012

없는 오해였다. 정복동은 본사의 권력 다툼에 밀려 좌천된 것이었고, 그에 대한 복수로 이 마트를 재기 불능의 상태로 만들어 버리려 한다.

　어떻게 하면 제대로 망할까? 정복동은 온갖 무모한 짓을 벌인다. 적자로 인해 인원 감축이 필요한 때인데 오히려 직원들을 마구 늘려 간다. 가난한 인디밴드 뮤지션, 자살 직전의 대리운전기사, 갈 곳 없는 초등학생 여자아이 정도는 약과다. 마트에서 파는 생선을 먹고 두드러기가 났다며 협박하러 온 불량배에게 고객센터를 맡기고, 아마존에서 온 난민 부족을 짐꾼으로 채용한다. 경쟁사들과 벌이는 오징어 경매 다툼에서는 터무니없이 높은 가격을 불러 모조리 사들인다. 문석구가 아무리 말리고 애원해도 소용

없다. 폐점은 눈앞에 다가온 것만 같다.

그런데 희한하게도 이런 엉뚱한 짓들이 반전을 만들어 낸다. 정복동은 갈 곳 없는 초등학생을 위해 매장 구석에 공부방을 만들어 준다. 그냥 선심이었다. 그런데 공부에 목마른 아이가 골라 놓은 책들이 또래 아이들의 눈높이에 딱 맞아 마구 팔려 나간다. 오징어를 경매로 사들인 직후에는 일본의 방사능 유출로 국제적인 오징어 품귀 현상이 벌어지는 바람에 원래 가격의 몇 배를 붙여 경쟁사들에게 되팔 수 있게 된다. 또 전기세를 아낀다며 입구의 회전문을 고객이 직접 돌리게 했는데, 그게 다이어트에 특별한 효과가 있다는 소문이 퍼지며 수많은 여성들이 찾아온다.

천리마 마트는 성공을 위해 온갖 잔머리를 굴리는 사람들에게 크로스 카운터를 날린다. 꼼꼼한 계산과 이기적인 술수로 경쟁자를 짓밟아야 한다는 논리는 맥을 못 춘다. 그저 몸이 이끄는 대로 혹은 분명히 실패할 것 같은 길로 내달리는데, 그것이 엉뚱하게도 큰 성공을 만들어 내는 것이다. 물론 이건 독자들에게 웃음을 선사하기 위해 펼쳐 내는 작가의 터무니없는 상상이다. 하지만 우리는 그런 광경을 바라보며 꽉 막혔던 가슴이 후련해지는 기분을 느낀다.

이런 성공에 가장 놀란 건 정복동이었다. 왜 망하라는데 안 망하지? 그러면서 스스로를 돌아본다. 그는 젊은 시절 회사를 위

소년이여, 요리하라!

해 온몸을 바쳤다. 중동 지역에서 해외 근무를 할 때는 반군의 맹렬한 공격 속에서 목숨을 걸고 공사 대금을 빼내 오기도 했다. 그런 노력 덕분에 높은 위치에 올랐는데, 이제 회사의 이익을 위해 한 가족의 생존이 달린 일자리들을 댕강댕강 잘라 버려야 하는 처지에 서게 되었다.

천리마 마트를 되살린 역발상은 '상생-함께 살자'의 마음이었다. 정복동은 다른 대형 마트의 갑질 횡포로 힘겨워하는 도토리묵 제조업체를 받아 준다. 심지어 원래 가격의 세 배로. 그냥 망해 보겠다는 심산이었다. 그런데 묵 제조업체가 그 가격만큼의 품질을 만들어 내겠다며 혼신의 힘을 다한다. 이렇게 탄생한 '수라묵'은 '한국 관광 때 꼭 먹어야 할 식품'에 선정되고 대통령 표창까지 받는다.

우리의 한 끼는 결코 혼자만의 힘으로 만들어 낼 수 없다. 오늘의 저녁 재료를 사기 위해 찾아간 마트에서 수많은 사람들의 땀을 확인해 보자. 우리가 집어든 두부 한 모에는 콩을 기른 농부, 두부를 만든 공장 직원, 그걸 마트로 실어 온 배달원, 꼼꼼히 계산하고 잔돈을 내주는 계산원의 노고가 함께 깃들어 있다. 『쌉니다 천리마 마트』도 좋지만 『함께 삽니다 천리마 마트』는 더욱 좋다.

소년
요리
레시피
2

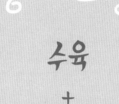

수육

+

코맥 매카시, 『로드』

: 김남훈 :

몸으로, 머리로, 말로 먹고 산다는 의미에서 '육체파 창조형 지식 근로자'라는 타이틀을 스스로 만든 사람. 프로 레슬러이자 방송인, 그러면서 『엽기 일본어』, 『청춘 매뉴얼 제작소』, 『싸우는 사람들』 같은 10여 권의 책을 낸 작가이기도 하다. 많은 사람에게 긍정과 희망을 전하기 위해서 노력하고 있으며, 2014년 판 진로와 직업 교과서에 소개되는 영광을 누리기도 했다. 일본 DDT 프로레슬 링 14대 챔피언이기도 하다. 좌우명은 '남자는 태어나서 죽을 때까지 싸운다.' 이다.

고기는 항상 옳다

수육

사람이 살기 위해선 음식을 먹어야 해. 그건 당연한 것이지. 그런데 그 당연함이 지금의 '우리'를 만들게 했어. 이거 정말 대단한 이야기야. 그러니 졸지 말고 형이 이야기하는 거 잘 들어, 알았지? 사람이 하루를 살기 위해선 각종 영양소가 필요한데 그중에서 가장 중요한 것이 바로 단백질이야. 단백질을 영어로 protein이라고 하는데 그리스어로 '중요한 것'을 뜻하는 proteios에서 유래했어. 그러니 얼마나 중요한지 알겠지? 단백질은 우리 몸을 구성하기도 하고 면역도 담당해. 에너지원으로도 작용하지. 때문에 자기 체중×1.5g의 단백질을 매일 먹는 것이 중요해. 그런데 말이야, 이 단백질은 우리 몸에서 자체 생성이 되질 않아. 태고에 살던 원시 인류가 단백질을 섭취하기 위해선 바로 '사냥'을 해야만 했어. 그런데 '나 삶아 드슈.' 하고 태연히 누워 있는 짐승이 있을까? 당연히 없겠지. 원시시대에 사냥이란 성공해서 단백질을 취하느냐, 아니면 내가 그 짐승의 먹잇감이 되느냐 하는 사생결단의 하나였던 거야.

사냥을 안전하고 능숙하기 치루기 위해서 남자 사람들은 무리를 지어서 진영을 짰어. 그리고 좀 더 효율을 높이기 위해서 우두머리를 정하고 그 우두머리를 따라 망보는 남자 사람, 사냥감을 모는 남자 사람, 함정을 파는 남자 사람 등등으로 분업을 했겠지. 이건 정말 대단한 거야. 인류가 팀을 이루기 시작했으니까. 바로 이렇게 사냥해서 얻은 고기를 어떻게 배분하느냐의 문제를 가지고 정치, 다시 말해 한정된 자원을 강압적으로 배분하는 행위가 이루어졌던 거야. 또 거처로 가져온 고깃덩어리를 여자 사람이 해체를 한 후 저장하고 요리하고 다시 집안 내 서열에 따라 배분하는 행위가 이루어졌겠지.

바로 여기에서부터 남녀의 사고방식에 조금씩 차이가 발생하

소년이여, 요리하라!

기 시작했어. 남자들은 외부에서 사냥을 했어. 이 과업을 효율적으로 수행하기 위해선 우두머리의 지시를 정확히 따를 필요가 있어. 자칫 실수를 했다간 아까 말했던 것처럼 내가 먹힐 수도 있거든. 또한 우두머리는 부하들을 통솔하기 위해서 자신의 완력과 배짱을 과시할 필요가 있었을 거야. 학교에서 소위 '일진'이라고 불리는 애들이 어깨에 힘 가득 넣고 복도 한가운데를 걸어 다니는 모습을 보라고. 걔네들은 아직 원시시대의 습성을 갖고 있는 거야. 이와 같이 마치 명령에 죽고 사는 군인들처럼 지시에 따르는 DNA가 남자들 몸속에 남아 있던 것이고, 따라서 별다른 생각을 할 필요가 없었겠지.

반면 여자들은 주거지 내로 반입된 수확물을 각각 종류별로 분류하고 해체하고 요리 및 저장하는 일을 했어. 물론 육아의 책임도 있었을 거야. 훨씬 차원이 높은 문제와 맞닥뜨릴 수밖에 없었던 거지. 그래서 남자들은 모르는 걸지도 몰라. "지금 내가 왜 화났는지 몰라?"에 대한 대답을 영원히 못 찾는 건지도. 실제로 남자는 하루 8천 단어, 여자는 2만 단어를 말한다고 해. 언어가 사고의 바다라고 하는데 남자가 지중해 정도라고 한다면 여자는 대서양인 거지. 아, 잠깐 사족을 달자면 이렇다고 해서 남자와 여자의 '차이'를 규정하려는 것은 아냐. 우리 선조들이 어떤 생활 습속을 가져왔던 간에 우리는 다 같은 지적 생명체로 현대 문명이라는 것을 누리고 있는 사람들이야. 즉 남자와 여자라는 생물학적 차이는 있을지언정 사회적 차이는 없으며, '사람은 그저 사람답게' 살면 되는 것일 뿐이야.

자, 다시 고기 이야기로 돌아와 볼까. 인터넷에 떠돌아다니는 연애 입문서 같은 거 보면 첫 데이트 때 고기를 사는 남자는 성공 확률이 높다고 하잖아. 문화인류학적으로 봤을 때 고기를 먹여 주는 남자 사람에 대해 여자 사람은-이런 태고적 기억이 계승되어 내려왔기 때문에-실제로도 호감을 느낄 가능성이 높다고 하더라고. 즉 고기는 항상 옳아. 고기는 계급을 상징하기도 해. 쌀, 보리 같은 식물성 자원과는 다르게 고기는 목숨을 건 수렵을 해야 했고, 근대적 낙농은 그 자체가 어렵기도 하거니와 도적 떼들을 막는 것도 큰일이었거든. 오죽하면 서부극 터프가이의 대명사가 '카우보이'겠어. 원랜 소 키우는 사람들이었는데 워낙 훔쳐 가려는 이들이 많으니까 총을 차고 다녔던 거 아니겠어?

'쌀밥에 고깃국'이 가난의 저 반대편에 있는 부유함을 뜻하는 것처럼, 고기는 일단 귀하니까 물에 넣고 끓였어. 그렇게 국물로 우려내면 많은 사람들이 먹을 수 있었거든. 그럼 높은 양반들은 제일 먼저 건더기가 가득한 국을 떠올려 한 그릇 먼저 자시고, 그다음으로 높은 사람이 떠먹고 양이 부족하면 물을 더 붓고 끓이고, 이렇게 계속 가다 맨 나중 사람은 소금 간만 된 맹물을 먹게 되는 경우도 있었겠지.

나에게도 첫 고기는 미역국에 들어가 있는 소고기였어. 미 끌거리는 미역과 비계가 듬성듬성 붙어 있는 고기의 식감이 과히 좋지는 않았지만 조선간장으로 짠맛을 강하게 해서 먹었던 기억이 있어. 하지만 이때까지만 해도 '고기는 맛있다.'라는 느낌은 별로 없었고 소시지, 햄 같은 가공식품을 더 좋아했지. 그러다가 '불고기'를 먹게 됐어. 역시 고기 하면 불고기 아니겠어? 그런데 내가 접했던 불고기는 요즘 음식점에서 먹는 그런 게 아니라 소고기를 얇게 잘라 간장에 적셔서 굽는 스타일이었어.

부모님은 시골에서 옷 가게를 하셨는데 일주일에 두세 번은 새벽에 일어나 물건을 하러 가셨고, 아침 7시 정도면 다시 돌아오셨지. 전날 매출이 좋으면 서울 가기 전에 집 근처 정육점에서 소고기를 몇 점 떼어다가 냉장고에 넣어 두었고, 집으로 돌아와 이른 아침부터 고기를 구워 드시곤 했어. 별다른 양념도 없으니까 그냥 간장에 물 조금 넣고 소고기를 넣어서 조물조물 비볐다가 조그만 밥상 위에 브루스타랑 프라이팬을 올려놓고 구워 먹는 거야. 부모님, 나, 여동생, 남동생이 주욱 둘러앉아서 치이익치이익 고기 익는 소리를 들으며 군침을 먼저 꿀꺽 삼키다가 이윽고 고기가 익으면 그걸 하얀 쌀밥 위에 올려서 먹는 거지.

지금 생각해 보면 고기 맛이 아니라 그냥 간장의 짠맛으로 먹었던 것 같은데 국물 속에 텀벙 빠져 있던 물컹한 미역국 속 고기와는 다르게 씹히는 맛이 아주 좋았던 것 같아. 무엇보다도 온 가족이 같이 먹는다는 그 안정된 느낌이 좋았었고. 어쨌든 이때부터 고기 구워 먹는 것을 아주 좋아하게 됐어. 아까도 말했지만 고기는 늘 옳잖아. 석쇠에 구워서 먹어도 좋고, 알루미늄 호일 위에 구워도 맛나고, 길에서 슬레이트를 주워다가 그 위에다 구워 먹어도 좋았지. 고기 없으면 밥상을 물렸다는 세종대왕처럼 '고기-홀릭'으로 살아왔는데 이상하게도 '수육'만큼은 예외였어.

일단 시각적으로 별로였어. 불에 구운 고기는 겉면의 색깔이 짙어지면서 바삭하게 됐기 때문에 '충분히 익었음'이라는 시각적 정보를 담고 있지. 물론 그냥 검댕이 묻은 경우도 있지만 어쨌든 보기 좋았거든. 그런데 수육은 뭐랄까, 너무 적나라했어. 넓은 접시 위에 담겨져 나오는 수육은 그 빛깔과 모양이 살아 있던 소, 돼지의 원형을 담고 있는 것 같았거든. 물론 불판 위에 올려지기 전의 생고기라면 더 원형의 상태라고 할 수 있겠지만 생고기는 '재료'라는 느낌이 더 강했어. 즉 어떤 음식물이 되기 이전의 상태에서 열기를 흡수해 '불고기'라는 완성물이 되는 거지. 반면 수육은

소년이여, 요리하라!

요리 과정이 끝난 음식물이면서도 원형을 갖고 있다는 것에 거부감이 들었고, 그래서 고기에 환장하는 나도 쉽게 젓가락이 가지 않았어. 이처럼 '불판 제일주의'를 고집했던 내가 무너졌던 것은 다니던 학교 인근에서 자취를 하던 시절이었어.

겨울방학이지만 별로 할 일도 없고 해서 자취방에 컴퓨터와 재믹스 게임기 등을 가져다 놓고 소일거리를 하면서 보냈지. 요즘 대학생들은 방학 때 놀지도 못하고 취업 준비 때문에 고생이 많던데, 내가 대학생일 때만 하더라도 대충 졸업만 하면 어떻게든 밥은 먹고살 수 있던 시절이었어. 그런 점에서 지금 이 글을 읽고 있는 인생 후배들에게도 참 미안하네. 세상을 이렇게 만들어서.

다시 본론으로 돌아오자면 어느 날인가 눈이 너무 많이 와서 완전 고립된 적이 있었어. 마침 쌀도 떨어져서 먹을 게 아무것도 없었지. 근처 구멍가게도 폭설로 문을 닫았고 시골이라 버스도 끊긴 상황. 어떡하나 싶었는데 싱크대 밑에 구석진 곳을 빗자루로 쓸어 담으니 반 주먹 정도 쌀알이 나오더라고. 쌀 포대에서 푸거나 씻거나 할 때 떨어졌던 것들이지. 이것들을 모아서 밥은 어떻게 어떻게 안쳤는데 반찬이 하나도 없는 거야. '그냥 간장에 비벼 먹어야 하나?' 이러고 있는데 똑똑똑 문 두드리는 소리가 나더니 주인집 아주머니가 뭘 가지고 오셨더라고. 아주 촌스러운 꽃무늬가 테두리를 장식한 하얀 접시 위에 담겨져 있던 것이 무엇이었느냐!

예상했겠지만 바로 '수육'이었어. 이웃집에서 잔치가 있어서 수육을 했는데 주인집 아주머니가 받아 놨다가 나한테도 나누어 주신 거지. 마음 씀씀이도 고마웠지만 일단 맨밥을 먹을 처지였기에 사양 않고 받았지. 그래서일까, 그때까지 내 머릿속을 차지하고 있었던 수육의 어색한 빛깔이 소담스럽게 느껴지는 거야. 일단 한 점 집어서 새우젓에 살짝 찍어 입안으로 밀어 넣고 몇 번 씹었더니 하, 이런 '신세경'이 있나! 처음엔 신바람 이박사가 〈쇼미더머니〉 결승에 오른 듯 이질적이고 어울리지 않는 것 같았지만, 이내 다른 멤버들과 그루브를 타면서 라임이 살아 있는 가사를 주고받는 것처럼 야들야들한 살코기와 비계, 새우젓이 뭉쳤다가 헤어지고 다시 입안에서 뭉치길 반복하면서 점차 미분되어 가다가 식도를 타고 넘어갔지.

"꾸울꺽~. 허, 맛있다!"

난 이때부터 수육 마니아가 되었어. 기회 될 때마다 즐겨 먹었지. 그리고 인터넷에서 레시피를 찾아다가 요리조리 궁리를 하면서 직접 해 먹기도 했어. 수육 요리의 좋은 점이 뭔지 알아? 일단 굉장히 있어 보인다는 거야. 드라마 보면 가끔 나오는 시아버지의 대사 "에미야, 간단하게 국수나 해 먹자."라는 말이 얼마나 열 받는 대사인 줄 알아? 국수는 만들기가 굉장히 까다로운 음식

소년이여, 요리하리!

이야. 손이 얼마나 많이 간다고. 육수 뽑아야지, 면은 면대로 따로 삶아야지, 고명도 만들어야지…… 그런데 정작 그릇 위에 담고 보면 별거 아닌 것처럼 보여서 부침개라도 옆에 올려야 할까 고민해야 되고, 먹는 사람 입장에서도 후루룩후루룩 몇 젓가락 먹고 나면 끝이야. 하지만 수육은 안 그래. '예상했던 것보다' 만드는 과정은 간단한 데다 얻어먹는 사람 입장에선 '아니 이런 것까지!' 하고 예상 외로 허를 찌르는 음식이기 때문에 진짜 있어 보이지.

수육은 그 맛, 만드는 과정, 뒷정리 상황 등등을 모두 종합적으로 고려해 볼 때 진정한 '어른의 음식'이라고 할 수 있어. 생물학적으로 어른이 되는 것뿐 아니라 사회적으로 진짜 어른이 되는 거지. 만들고 나면 냄비 가득 기름 덩어리가 있어. 이것들을 잘 걷어내고 세척까지 완료하는 것은 꽤 까다로운 과정이야. 재료를 선택하고 요리하고 결과를 만들고 책임까지 진다는 것. 진짜 어른이 되는 요리라고 할 수 있지. 그래서 이렇게 말하고 싶어.

소년이여, 수육에 도전하게. 그리고 어른이 되게나.

추신

'공장형 축산'이라는 말을 들어 본 적 있어? 우리가 예전보다 좀 더 싸고 손쉽게 고기를 먹을 수 있게 된 것은 관련 종사자 분들의 노력도 있겠지만 기본적으로 자본주의 체제에서 가장 많은 이득을 취할 수 있도록 축산 기술이 발전했기 때문이야. 하지만 이건 반대로 동물들 입장에선 결코 반길 만한 일은 아니었던 거지. 카우보이들과 함께 광활한 목초지를 마음대로 활보했던 소들은 이제 없어. 플란다스의 개 파트라슈의 수레에 실리는 우유를 만들었던 젖소는 최소 20년을 살았지만 지금은 6년밖에 살지 못해.

동물은 누구나 살아가기 위해 먹이를 섭취하지. 인간도 마찬가지야. 하지만 우리가 영양분을 얻기 위해 다른 존재들에게 필요 이상의 고통을 주고 있지는 않은지도 생각해 볼 만한 문제야. '살기 위해 먹는다. 그러나 어떻게 먹을 것인가?' 어렵지? 나도 아직 정답을 찾지는 못했어. 여러분도 한 번쯤 생각해 볼 수 있기를!

소년이여, 요리하라!

수육

고기는 앞다리살, 목살, 삼겹살 중에서 각자 주머니 형편에 맞는 것을 고른다. 이 중 삼겹살이 가장 부드러운 편이나 입맛에 따라서는 앞다리살이 좋을 수도 있다.

* 재료: 양파 3~4개, 대파, 통후추 1큰술, 맛술(또는 소주) 1큰술, 삼겹살
* 도구: 냄비, 도마, 칼, 목장갑, 비닐장갑

① 양파를 3~4개 손질해서 냄비 바닥에 깐다. 냉장고 안에
　오래 묵혀 두었던 양배추, 파프리카, 대파 등이 있다면
　아낌없이 집어넣는다.

② 냄새를 잡기 위해서 통후추, 맛술(또는 소주) 1큰술을 넣는다.

③ 중불에서 40~50분 가열한다. 되도록 뚜껑을 열지 않는 것이 포인트!

④ 시간이 꽤 걸리므로 이때 밥을 하거나 부추 겉절이를 만들어 함께
　먹어도 좋다.

⑤ 목장갑을 낀 다음 그 위에 비닐장갑을 씌우고 고기를 썬다.

⑥ 접시 위에 가지런히 올리면 끝.

먹으면서 이거 보면 꿀잼일걸?

살아간다는 것의 의미

코맥 매카시, 『로드』

"에이, 쌍! 그냥 세상이 망해 버렸으면 좋겠다. 야 그 뭐냐, 혜성 충돌 뭐 그런 거 없대?"

시험 앞두고 이런 생각 든 적이 한두 번은 있을 거야. 나도 그랬으니까. 내가 고등학생이던 1990년대에 휴거 소동이 있었는데 혹시나 그런 일이 일어나지 않을까 얼마나 기대했는지 몰라. 따분하고 지루한 일상 속에서 뭔가 빅 이벤트가 일어나길 원했던 거지. 만약 실제로 그런 일이 일어난다면 문명사회는 삐걱거릴 테고 '에라, 모르겠다. 산속에 들어가 동지들을 모아서 내 멋대로 살자.' 이런 망상을 했던 거야. 『북두신권』, 〈매드맥스〉 뭐 이런 만화나 영화를 보면 인류 문명이 멸망해 법과 질서가 무너지고 악당들

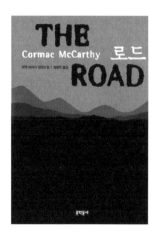

코맥 매카시, 『로드』, 2008

이 판을 칠 때 용사들이 짠 하고 나타나서 무찌르잖아. 어쨌거나 저쨌거나 '힘이 지배하는 세상이 오면 악당이든 영웅이든, 뭐든 하겠구나.'라며, 담배 피다 선생님에게 걸려서 야구 배트로 맞으면서 이런 상상을 했던 거지.

그런데 정말로 '그런 일'이 일어나면 우린 어떻게 살게 될까? 이 질문에 답을 해 준 것이 바로 코맥 매카시의 『로드』란 작품이야. 코맥 매카시는 영화로도 잘 알려진 『노인을 위한 나라는 없다』라는 책을 쓴 미국의 소설가인데, 난 이 영화를 보고 완전 반해서 책으로 다시 읽었지. 이때부터 코맥의 팬이 되어 버렸고, 그의 작품이라면 가리지 않고 읽게 되었어. 『로드』는 인류 문명이 멸망한 이후를 아주 생생하고도 사실적으로 그린 소설이야.

핵전쟁으로 인해 회색빛 낙진이 해를 가려 버린 지구에는 오직 두 종류의 인간만이 살아. 살기 위해서 사람을 먹는 자와 그렇지 않은 자. 즉 고기를 섭취할 수 있는 방법은 사람을 취하는 방법밖에 없는 거야. 이에 비하면 영화 〈매드맥스〉가 그려 낸 세계는 롯데월드 같은 세상이라고 할 수 있지. 소설 속 주인공인 '남자'는

소년이여, 요리하라!

자신의 열 살 남짓한 아들과 같이 떠도는데 후자에 속한, 아니 후자에 속하려고 계속 노력하는 사람이야. 남자는 항상 꿈을 꿔. 그가 꿈꾸는 것은 예전의 행복하고 풍요로웠던 삶이 아니라 온전한 죽음이야. 하지만 그는 할인 매장에서 쓰는 카트를 수리해서 거기에 생존에 필요한 것을 담아서 아들과 함께 밀고 나가는 것을 멈추지 않아. 비포장도로를 갈 때 끼익끼익 바퀴에서 나는 소리는 그 남자가 인간의 존엄을 지켜 내기 위해서 자신을 쥐어짜는 소리라고 할 수도 있어.

우리가 음식을 먹는다는 것은 무엇을 의미할까? 또 살아간다는 것은 무엇을 의미할까? 『로드』를 읽으면서 다시 한 번 생각해 보길 바라. 아마 책을 읽어도 '아, 소중한 삶이야.' 이 정도 외에는 다른 큰 의미를 못 찾을 수도 있어. 아니, 그래도 좋아. 먹고 자고 살아간다는 것에 대한 의미를 생각하는 것은 평생 죽을 때까지 해야 하는 일이니까. 그래야만 썩지 않을 수 있어. 인간은 스스로에 대한 질문을 잃어버리는 순간 썩어 버리는 거야.

소년
요리
레시피
3

김밥

+

이근화, 『차가운 잠』

: 오은 :

시인. 대학에서는 사회학을, 대학원에서는 문화기술을 공부했다. 문과에서 이과로 떠나는 모험이었다. 관심의 영역이 넓다고 말할 수도 있지만, 싫증을 잘내 한 가지를 진득하게 하지 못한다고도 말할 수 있을 것이다. 10년 넘게 싫증을 내지 않고 하는 일이 있다면 바로 시 쓰기다. 아무리 써도 번번이 헛디디거나 넘어지는 경험을 한다. 시집 『호텔 타셀의 돼지들』, 『우리는 분위기를 사랑해』, 색과 그림을 다룬 책 『너랑 나랑 노랑』, 로봇과 서사를 다룬 책 『너는 시방 위험한 로봇이다』를 썼다. 일상에 틈을 내는 일을 중요하게 생각해서, 매일 적어도 20분 동안 내가 좋아하는 것들을 하려고 노력한다. 절체절명의 순간에서도 멍 때릴 수 있는 사람, 하늘 어딘가에 있을 자신만의 별을 생각할 수 있는 사람을 동경한다.

마음 조각들을 한데 모으는 일

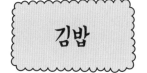

요즘엔 김밥을 파는 가게가 거리에 즐비하지만, 내가 어렸을 때 김밥은 소풍이나 운동회 등 특별한 날에만 먹는 것이었다. 김밥은 어쩌면 아빠의 월급날에나 먹는 돼지갈비나 삼겹살만큼, 아니 어쩌면 그 이상으로 먹기 힘든 음식이었다. 소풍 전날이면 나는 밤잠을 설치기 일쑤였다. 소풍이 설레기도 했지만, 엄마가 싸는 김밥을 마음껏 먹을 수 있다는 점이 내겐 더 매력적이었다. 김밥 안에 옹기종기 모여 있는 재료들을 생각하면 입안에 절로 군침이

돌았다. 개중에는 내가 싫어하는 재료도 있었지만, 이상하게도 그게 김밥 안에 들어가 다른 재료들을 만나면 그 맛이 그리 싫지 않았다. 아무렇지도 않게 "만나니 맛나네."라고 우스갯소리를 던질 수 있었다.

소풍날이 되면 나는 아침 댓바람부터 일어나 엄마가 김밥 싸는 모습을 가만히 지켜보았다. 형도 일어나 내 옆에 나란히 앉았다. 엄마가 흐뭇하다는 듯 웃었다. 김이 모락모락 피어오르는 쌀밥에 소금과 참기름을 넣고 주걱으로 살살 섞는 엄마의 손길이 아직까지 눈에 선하다. 엄마는 마치 밥알 하나하나를 어르고 달래는 것 같았다. 우리는 한 쌍의 새끼 제비들처럼 사이좋게 입을 벌려 엄마가 건네주는 김밥을 받아먹었다. 막 싼 김밥을 라이브로 먹는 맛은 그야말로 일품이었다.

언제부턴가 김밥을 파는 프랜차이즈가 거리마다 우후죽순처럼 생겨났다. 착한 일을 많이 해서 천국에 가는 것에 비하면 김밥을 먹으러 천국에 가는 일은 약간의 돈만 있으면 가능한 일이었다. "천국에서 파는 김밥은 이것보다 더 싸고 더 맛있겠지?" "천국에서도 김밥을 돈 주고 먹어야 해?" 어느 날에는 친구와 실없는 농담을 주고받으며 웃기도 했다. 김밥은 이제 특별한 날에 먹는 음식이 아니라 아무 때고 마음만 먹으면 쉬 소비할 수 있는 음식이 되어 버렸다. 김밥을 바라보는 시선 또한 달라졌다. 바쁜 아침

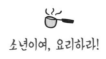

소년이여, 요리하라!

에 한 끼를 그야말로 '때우는' 간편한 음식, 정작 결혼식 피로연이나 행사장의 뷔페에서는 눈엣가시가 되어 버린 '싸구려' 음식. 김밥은 더 이상 엄마의 정성이 담긴 음식, 소풍이나 운동회처럼 특별한 날에만 먹는 음식이 아니었다.

몇 년 전, 여간해선 병원 근처에도 가지 않던 튼튼한 형이 아팠다. 주사를 맞고 집에 돌아와 힘없이 누워 있는 형에게 뭐가 먹고 싶으냐고 물었다. "김밥. 엄마가 해 주는 김밥." 그렇다. 형은 잊지 않은 것이다. 우리가 새끼 제비처럼 엄마 옆에 붙어 앉아 김밥을 먹던 순간을! 나는 엄마가 김밥을 싸 주던 그날로, 그날들로 거슬러 올라갔다. 밥을 고슬고슬하게 지어야 한다는 사실이 떠오르자 나머지 과정은 물 흐르듯 펼쳐졌다. 다 된 밥에 재 대신 깨를 뿌려야 한다는 것, 김 위에 밥을 끝까지 채우지 않아야 한다는 것, 속에 들어가는 재료가 너무 많다고 겁먹지 말고 단번에 말아야 한다는 것 등이 연이어 떠올랐다. 알록달록한 재료들을 오밀조밀하게 모으고 조심스럽게 감싸 하나로 만드는 일은 즐겁고 보람찼다.

김밥을 말고 있는데 엄마한테 전화가 왔다. 엄마가 놀란 듯이 묻는다. "사 먹는 게 싸. 그걸 왜 굳이 돈과 시간을 더 들여 만들어 먹니?" 놀라움의 반은 어리둥절함 때문이고, 나머지 반은 아마도 기특함 때문일 것이다. 귀찮을 텐데도 기꺼이 손이 많이 가는 음

식을 해 먹는 정성이 엄마의 마음을 움직였을 것이다. "만들어 먹는 김밥은 뭐가 달라도 달라. 엄마도 잘 알잖아." 엄마가 웃는 소리가 수화기 저편에서 들려왔다. "실시간으로 집어 먹을 수 있는 거? 소풍날이나 운동회 날에 너희들이 그랬잖아. 김밥 꽁다리 언제 나오나 눈곱 붙은 눈으로 빤히 쳐다보던 모습이 아직도 눈에 선하네." 엄마와 통화를 마치자마자 막 싼 김밥 하나를 집어 썰기 시작했다. 꽁다리 두 개 중 하나를 집어 입안에 가져갔다. 나머지는 접시에 담아 누워 있는 형에게 가져다주었다. "방금 싼 거야, 형." 형이 희미하게 웃었다.

그날 이후로 나는 틈틈이 김밥을 만들었다. 어느 정도 능숙해지자 여러 가지 실험들을 하기 시작했다. 매운 걸 좋아해서 청양고추를 넣기도 하고 살짝 데쳐 간장으로 밑간을 한 오징어를 넣

소년이여, 요리하라!

기도 했다. 단무지를 넣는 대신 무장아찌를 넣어 보기도 하고 땅콩이나 아몬드 등을 빻아 견과류 김밥을 만들기도 했다. 멸치볶음이나 미나리 무침 등 남거나 오래된 반찬들을 넣는 실험을 감행하기도 했다. 어떤 실험은 기대 이상으로 훌륭했고 어떤 실험은 적잖은 실망을 안겨다 주었다. 그러나 나는 솔직히 그 모든 김밥들이 다 맛있었다. 형편없는 재료도 김 속으로 또르르 말려 들어가 밥의 비호를 받으면 맛있어진다는 걸 알았다. 김밥의 맛은 어쩌면 재료를 김 위에 놓고 그것을 돌돌 마는 데서 오는 건지도 모른다.

김밥을 말다 보면 재료를 한두 개 빼먹는 실수를 종종 범하게 된다. 김밥을 칼로 썰었는데 시금치가 빠져 있거나 맛살이 보이지 않는 경우가 있다. 햄이 두 개 들어 있거나 단무지가 두 개 들어가 있는 우스운 광경을 목도할 때도 있다. 그런데 김밥을 한번 말고 나면 그것을 다시 풀어 새로 말기는 어렵다. 사실상 불가능하다. 이미 김밥 속의 재료들끼리 한데 옹기종기 어울려 있기 때문일 것이다. 말려 있는 김밥을 풀어 빠진 재료를 넣는 일은 오늘 전학 온 아이에게 친구들과 어서 어울려 놀지 못하겠느냐고 다그치는 일과 다를 바 없다. 억지로 다시 쌌을 때 김밥은 특유의 탱탱함과 매끄러움을 잃게 된다.

놀라운 점은 재료가 한두 개 빠진 김밥조차 그 나름의 맛을 낸다는 사실이다. 단무지처럼 중요한 재료가 하나 빠졌을 때조차 나머지 재료들은 자신들의 몫을 해내 기어이 김밥을, 김밥의 맛을 완성한다. 간이 조금 맞지 않아도, 밥이 조금 질게 되었다 하더라도 둘둘 말아 놓으면 김밥 속의 재료들이 어떻게든 뭉쳐 이 난관을 해결한다. 두 개 들어간 햄은 빠진 단무지의 짭조름한 맛을 보완해 준다. 두 개 들어간 단무지는 빠진 오이의 상큼한 맛을 채워 준다. 그래서인지 말린 김밥은 흡사 앙다문 입술처럼 보인다. 비율의 문제, 조화의 문제를 스스로 해결하겠다는 안간힘마저 느껴지는 것이다.

　김밥을 싸다 보면 특정 재료가 부족한 상황에 맞닥뜨리게 되는데, 이때는 과감히 냉장고 문을 열어젖혀야 한다. 남은 밥과 재료가 아까워서가 아니다. 이는 새로운 김밥을 맛볼 수 있는 둘도 없는 기회다. 멸치볶음이나 무장아찌, 콩자반, 장조림과 같은 밑반찬을 꺼내 없는 재료를 대신하여 넣으면 좋다. 맛이 부족하지 않을까 걱정하지 마라. 한입 베어 물었을 때 별미라는 생각이 들 정도로 특색 있는 맛이 당신의 미각을 사로잡을 것이다. 김밥 안의 재료들을 스스로 취사선택해서 넣을 수 있다는 점은 김밥에 취향을 담을 여지를 만들어 준다. 자신이 좋아하는 재료들로만 구성된 김밥을 입에 집어넣으면 그야말로 신세계가 펼쳐진다. 내가 좋아하는 맛들이 지금-여기에 다 모인 것 같다.

소년이여, 요리하라!

생각해 보니 사랑했던 사람들에게는 그동안 적어도 한 번 이상 김밥을 싸 주었던 것 같다. 김밥을 싸면서 이따금 그것을 집어 먹을 당신의 손가락을 생각했다. 그때마다 김밥을 싸는 내 손가락과 김밥을 집어 입에 가져가는 당신의 손가락이 만나는 느낌이 들었다. 손가락과 손가락이 만나는 일은 자못 짜릿한 일이어서 나는 김밥을 싸는 데 더 많은 마음을 쏟게 되었다. 접시 위에 가지런히 썰어 놓은 재료들이 내 마음의 조각들처럼 보였다. 이 조각들이 이제 김과 밥 사이로 들어가 김밥의 형태를 완성할 것이다. 김밥에 얽힌 사연을 완성할 것이다. 이것이 사 먹는 게 더 싸다는 걸 잘 알면서도 내가 시시로 김밥을 마는 이유다.

김밥을 싼다는 건 내 마음의 조각조각을 한데 모으는 일, 그리고 그것을 누군가에게 준다는 건 그 마음을 서툴지 않게 잘 전달하는 일이다. 올 겨울에는 당신을 위해 김밥을 싸야겠다.

김밥

기본적인 재료들은 모두 슈퍼에서 쉽게 구할 수 있는 것들이다. 지구상의 마지막 김밥을 말기 위해 아주 특별한 재료를 구할 생각이 아니라면 집 근처에 있는 작은 슈퍼로 가 보자. 웬만한 재료들은 작은 슈퍼에서도 다 구입할 수 있다. 햄이나 단무지, 우엉조림 같은 재료는 김밥용으로 10~20개씩 개별 포장된 상태로 판매되고 있어 따로 손질할 필요가 없기도 하다.

* 재료: 김, 쌀, 햄, 게맛살, 달걀, 오이(시금치), 당근, 어묵, 우엉조림, 단무지, 캔에 든 참치, 식용유, 간장, 설탕, 다진 마늘 약간, 참기름, 소금, 통깨, 그리고 집에 있는 밑반찬 중 내가 좋아하는 것들 (여기서 가장 중요한 것은 김과 쌀을 제외한 위의 재료들 중 서너 가지가 없더라도 전혀 문제가 되지 않는다는 점이다. 파프리카나 김치, 간장에 볶은 돼지고기 등 자신이 좋아하는 재료라면 뭐든 넣어도 좋다.)

* 도구: 칼, 도마, 프라이팬, 뒤집개, 젓가락, 주걱, 김발(선택)

Recipe

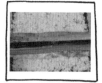  

① 쌀을 씻어 30분 정도 불렸다가 밥을 짓는다. 밥을 고슬고슬하게 짓는
것이 중요하므로 물 양이 너무 많지 않게 한다.

② 밥이 될 동안 김밥에 들어갈 다른 재료들을 준비한다. 어묵은 물과
간장을 1:1 비율로 넣어 냄비에 졸이기 시작한다. 물이 끓기 시작하면
다진 마늘과 설탕을 넣어 준다. 국물이 다 졸아들 즈음, 불을 끄고 냄비
뚜껑을 열어 둔다.

③ 햄과 게맛살, 단무지 등은 자신이 좋아하는 크기로 길게 썰어 둔다.
참치를 좋아한다면 캔에서 기름을 빼고 따로 준비한다. 슈퍼에서 구입한
우엉조림은 포장을 뜯어 그릇에 따로 담아 둔다. 씨 부분을 제거하고 길게

썬 오이는 소금을 쳐서 절여도 좋고 아삭아삭한 식감을 살리고 싶으면 그냥 둔다.

④ 당근을 좋아한다면 채 썰어 기름에 살짝 볶거나 끓는 물에 소금을 약간 넣고 약 20초가량 데쳐 준다.

⑤ 달걀 대여섯 개를 잘 푼 뒤, 소금을 약간 넣어 간을 해 준다. 살짝 달궈진 프라이팬에 식용유를 두르고 풀어 둔 달걀을 붓는다. 뒤집개나 젓가락을 이용해 달걀이 팬에 골고루 퍼지게 해 준다. 한쪽 면이 노릇하게 익었다 싶으면 뒤집개나 젓가락을 이용해 한 번에 뒤집어 준다. 이때 '한 번에'가 중요하다. 우물쭈물하는 동안 달걀 모양이 흐트러지거나 접히는 수가 있다.

⑥ 익은 달걀을 약간 식힌 뒤 김밥에 넣을 크기로 자른다. 몇 줄을 쌀지 머릿속으로 계산한 뒤 거기에 맞게 자르는 것도 좋다.

⑦ 잘 익은 밥을 보울(bowl)에 담는다. 소금과 통깨, 참기름을 두르고 주걱으로 잘 섞어 준다. 이때 밥알이 으깨지지 않게 주걱을 세워서 살살 섞어 주는 게 중요하다.

⑧ 드디어 김밥을 마는 시간이다. 김밥은 초보에게 도움이 되기도 하지만 익숙하지 않다면 그냥 도마 위에서 김밥을 말기로 한다. 김의 양면 중 한 면은 부드럽고 다른 한 면은 거칠다. 그중 거친 면이 위로 가게 김을 펼친 뒤, 한 주먹 크기만큼의 밥을 올린 다음 김의 끝부분을 조금 남기고 골고루 얇게 밥을 펴 준다. 밥 위에 준비해 둔 재료를 하나씩 올린다. 좋아하는 재료가 있으면 두 개씩 올려도 좋다. 실험을 좋아한다면 주요 재료를 빼고 거기에 어울릴 만한 재료를 대신 넣으면 된다.

⑨ 중간에 특정 재료가 떨어지면 냉장고에서 꺼내 둔 밑반찬을 활용한다. 멸치볶음이나 마늘종장아찌, 무장아찌를 넣어도 좋다. 경험보다 상상력이 좀 더 발휘되는 영역이므로 한 줄을 싸고 난 뒤 맛이 어떤지 썰어서 먹어 보도록 한다.

⑩ 김밥을 썰 때는 칼이 잘 드는 게 가장 중요하다. 잘 드는 칼은 진밥도 날렵하게 자르는 능력을 지녔다. 칼이 생각보다 잘 들지 않으면 칼날에 참기름을 약간 발라 준다. 김밥을 썰 때는 도끼질이 아니라 톱질을 하는 느낌으로 잘라 주는 게 좋다. 김밥을 썰다 보면 소위 '손맛'이라고 하는 게 어떤 건지 어렴풋이 깨닫는 경지에 이를 수도 있다.

'먹기'에 '읽기'를 곁들인다는 것

이근화, 『차가운 잠』

시를 쓰는 사람이라 그런지 특정 상황에 처하면 으레 시집을 가장 먼저 떠올린다. 가령 출근길에는 유희경의 『오늘 아침 단어』를, 교복을 보면 김행숙의 『사춘기』를 떠올리는 식이다. 상황이 구체적일수록 시집 제목은 더욱 선명해진다. 화장실 소변기 앞에 설 때마다 이기성의 『타일의 모든 것』이, 거울을 보며 이를 닦을 때마다 김혜순의 『슬픔치약 거울크림』이, 파일을 압축할 때마다 송기영의 『.zip』이, 퇴근길에 골목에서 고양이를 마주할 때마다 송찬호의 『고양이가 돌아오는 저녁』이 연상된다. 연상은 자연스러운 것이어서 나는 한 달에도, 아니 하루에도 몇 번씩 저 시집들을 다시 읽는 것 같은 착각에 빠져든다.

소년이여, 요리하라!

김밥을 마주할 때면 늘 이근화의 『차가운 잠』이 떠오른다. 이 시집에 실린 시들 중, 나는 먹을거리를 다룬 시편들을 특히 좋아한다. 이 시집에는 김밥을 다룬 「김밥에 관한 시」, 「김밥에 관한 시 2」 말고도 「디어초콜릿」, 「국수」, 「빵 이외의 것」, 「동물원에서 셋이 마신 맥주」, 「두부」 등 제목만으로도 침샘을 자극하는 시들이 많이 담겨 있다. 그중에서도

이근화, 『차가운 잠』, 2012

「김밥에 관한 시」 연작은 김밥을 쌀 때나 먹을 때뿐만 아니라, 길 가다 김밥 파는 집을 볼 때에도 생각난다. 그만큼 이 시들은 내게 각별하다. 김밥을 말하고 있는데 김밥이 아닌 다른 어떤 것을 환기한다는 점에서, 자꾸 김밥 속을 들여다보게 만든다. 김밥 이야기를 할 때는 꼭 곁들이고 싶어진다. "곁들인다."라고 쓰고 "곁에 들인다."라는 뜻으로 읽고 싶다.

김밥을 먹으면서 김밥에 관한 시를 읽으면 나도 모르게 목이 메기도 한다. 엄마를 바라보며 "엄마."라고 말할 때 불현듯 짠해지듯이 말이다. 이 김밥을 먹으면서 책에 등장하는 저 김밥의 맛을

그려 보기도 한다. 그러다 보면 나는 내가 만든 김밥이 아닌, 이 세상이 만든 김밥을 먹는 기분이 든다. 가장 보편적인 김밥 하나가 내 입안에 들어와 잠시 머무르는 것 같은 느낌에 사로잡힌다.

> 어쩌다 김밥에 관한 시를 쓰게 되었다
> 어쩌다 김밥을 먹게 되는 날이 있는 것처럼
> 김밥하면 천국이 떠오르고
> 천 원이나 천오백 원으로 어떻게 김밥을 말 수 있는지 궁금해진다
> 김밥 둘둘 잘도 마는 조선족 아줌마들 월급이나 제대로 주는지
>
> ‒ 이근화, 「김밥에 관한 시」(『차가운 잠』, 문학과지성사, 2012) 중에서

"어쩌다" 먹기 시작한 김밥이, 한 끼 간단히 때우려고 먹기 시작한 김밥이 목구멍에 턱 걸리는 순간이 있다. "천 원이나 천오백 원"을 주고 산 김밥이, 이미 식어 버린 김밥이 뜨거운 음식물처럼 쉽게 넘어가지 않는 순간이 있다. 예전에 비해 김밥이 먹기 쉬워지면서, 김밥이 더욱 흔해지면서, 오히려 우리는 김밥에 대한 생각을 하지 않는다. 김밥 한 줄을 만들기 위해 들어가는 재료와 노력에 대해서 곱씹는 데 굳이 시간을 쓰지 않는다. 그런데 이 시집을 읽으면 간편해서, 접하기 쉬워서 외려 별 생각 없이 먹었던 것들

소년이여, 요리하라!

을 마음을 써서 헤아리게 된다. 길 가다 천 원을 주고 사 먹은 김 밥과 내가 직접 싸서 먹는 김밥이 어떤 차이가 있는지 곰곰 생각 해 보게 된다. 내가 김밥이라면 어떤 재료들로 이루어진, 어떤 모 양과 질감의 김밥일까 고민하기도 한다. "따뜻하고 부드럽고 간간 한 김밥이었으면 좋겠는데/ 알록달록하고 가지런하고 고소한 김 밥이었으면 좋겠는데/ 내가 그럴 수 있을까"(이근화, 위의 시)

이 시를 지은 이근화는 일전에 이렇게 썼다.

그런 엄마는 이제 다 늙어서 김밥을 싸는 일은 없다. 지금은
거꾸로 내가 가끔씩 친정 엄마를 위해 김밥을 싼다. 그런 시간
들이 무한정 많이 남아 있지는 않을 것이다. 엄마를 위해 밥을
지을 때면 젊은 엄마가 생각난다. 언젠가 나는 김밥을 싸며
눈물을 흘릴지도 모르겠다.*

누구에게나 김밥에 대한 추억 하나쯤은 있을 것이다. 소풍날 친구들과 둘러앉아 사이좋게 나눠 먹던 김밥, 허기진 출근길에 알 루미늄 호일을 벗겨 하나씩 떼어 먹던 김밥, 점심시간이 얼마 남

---

* 이근화, 「길 위의 이야기 − 김밥」(《한국일보》, 2015.02.01)

지 않아 편의점에 달려가 허겁지겁 먹던 김밥, 좋아하는 사람을 위해 한 줄 한 줄 정성 들여 말던 김밥, 한 줄을 사서 나 하나 너 하나 사이좋게 번갈아 먹던 김밥, 모양은 안 예뻐도 내 취향과 기호대로 만들어 먹던 김밥, 누구나 먹을 수 있지만 아무나 먹지는 못하는 김밥…….

김밥을 먹을 때 나는 김밥에 관한 시를 읽는다. 김밥에 관한 시를 읽는다는 것은 김밥을 만들고 먹고 그것을 이루는 알갱이들을 하나하나 소화시키는 일이다. 시를 읽으면서 별것 아닌 것 같지만 어찌 보면 대단한 '김밥'이라는 음식에 대해 생각해 보는 일이다. 단순히 '먹는 행위'뿐만 아니라 '음식을 스스로 만들어 먹는 행위'가 어떤 의미인지 파악하는 일이다. 어떤 음식을 내 곁에 들이는 게 얼마나 기쁜 일인지 몸소 깨닫는 일이다. 나를 위해서 어떤 음식을 해 먹는 일과 누군가를 위해서 어떤 음식을 하는 일의 숭고함을 마음에 깊이 새기는 일이다. '먹는 음식'과 '읽는 음식'의 만남이 새로운 맛을 만들어 내는 광경을 온몸으로 보는 일이다. "내가 원한다면", 원하기만 한다면, 김이 "잇새에 껴도 우습지 않다".

나눠 먹기 좋고
영원히 부드럽고

소년이여, 요리하라!

내가 원한다면 김은 하얗고 순결해서

잇새에 껴도 우습지 않다

– 이근화, 「김밥에 관한 시 2」(위의 책) 중에서

김치볶음밥

+

존 카메론 미첼, 〈헤드윅〉

: 전계수 :

일본에서 직장 생활을 하다가 나이 서른에 충무로에 입문했다. 퇴직금을 털어
몇 편의 단편을 만들다가 2006년 <삼거리극장>이라는 호러뮤지컬 영화로 데
뷔한 이후 국가인권위원회 공동프로젝트 <시선 1318>, 아리랑 TV 해외 방영
용 영화 <뭘 또 그럴게까지>, 하정우, 공효진 주연의 로맨틱코미디 <러브픽션>
을 만들었다. 뮤지컬 <내 사랑 내 곁에>와 라이브더빙쇼 <이국정원> 등의 공
연 연출도 꾸준히 해 오고 있다. 현재 일제강점기의 비극적 러브스토리 <개화
사진관(가제)>으로 세 번째 장편영화의 연출을 준비 중에 있다.

친구를 얻는 가장 빠른 지름길

김치볶음밥

군대 가기 전까지 해 본 요리라곤 라면 끓이는 것뿐이었던 내가 요리하는 일의 기쁨에 눈을 뜨게 된 건 대학 4학년 때 호주에서 보낸 1년 덕분이었어요. 낯설고 서먹서먹할 수밖에 없는 외국 친구들과 가까워지고 신뢰를 얻는 데 있어 따뜻한 요리를 만들어서 함께 나눠 먹는 것보다 더 강력하고 확실한 방법은 없었던 것 같아요. 이제부터 내가 할 얘기는 호주에서 겪었던 요리에 관련된 일화예요.

25살 때 일이에요. 당시 나는 대학 졸업반이었고 대학가는 해외 배낭여행 열풍이 불던 시절이었어요. 방학을 이용해서 한두 달씩 배낭여행을 다녀오거나 아예 한두 학기를 쉬고 긴 여행을 떠나는 친구들도 있었어요. 나는 형편이 여의치 못해 해외에 나가는 건 꿈도 못 꾸었지만 해외여행을 다녀온 친구들의 재미있는 경험담을 들으며 외국에 대한 막연한 동경을 마음에 품고만 있었어요. 그러던 중 '워킹홀리데이'라는 제도가 있다는 이야기를 듣게 되었어요. 외국에 가서 아르바이트 등을 하며 합법적으로 돈을 벌고 여행도 할 수 있는, 나로서는 꿈만 같은 제도였어요. 워킹홀리데이 제도를 이용하려면 당시에는 만 25세 이하의 청년들(현재는 만 30세 이하)만 지원 신청이 가능했어요. 시간이 별로 없었죠. 해가 바뀌면 지원하고 싶어도 못 하는 상황이라 그때까지 모아 둔 돈으로 서둘러 신청을 하고 수속을 밟았어요. 꽤나 까다로웠던 자격 심사를 겨우 통과하고 마침내 1년짜리 호주 워킹홀리데이 비자를 받게 되었어요. 그리고 드디어 꿈에 그리던 호주로 출발! 호주머니에 든 돈은 달랑 15만 원뿐이었지만 앞으로 펼쳐질 새로운 기회와 경험에 대한 설렘으로 아무것도 두렵지 않았어요.

호주에서 첫 번째 행선지는 시드니 근교 농장이었어요. 유기농 농장이었는데 내가 하는 일은 닭똥, 오리 똥을 주워 모아 채소

소년이여, 요리하라!

밭과 과일나무 밑에 거름을 주는 일이었어요. 고단하고 지저분한 일이었지만 주인아주머니의 음식도 맛있었고 오후 세 시의 티타임도 즐거워서 견딜만 했어요. 무엇보다 밤마다 농장 일을 마친 다른 외국인 친구들과 체스도 두고 우리나라식 장기도 가르쳐 주고 하며 어울렸던 게 특히 좋았어요. 두 달 정도 농장 일을 하고 나니 돈이 꽤 모였어요. 농장을 떠나 한 달을 신나게 돌아다녔어요. 래프팅도 하고, 번지점프도 하고, 그림같이 예쁜 섬에서 일주일간 수영만 하고 지내기도 했지요.

하지만 얼마 가지 않아 벌어 놓은 돈은 바닥을 보이기 시작했고 결국 다시 일자리를 구해야만 했어요. 배낭을 메고 브리즈번이라는 대도시로 무작정 찾아갔어요. 농장 일은 한 번 해 봤으니 도시에서 다른 일을 해 보고 싶었던 거죠. 다행히 돈이 다 떨어지기 전에 시내 번화가에 있는 식당 웨이터 일을 구할 수 있었어요. 보수도 적지 않았고 그때까지 머물던 게스트하우스도 지겨워져서 몇 달간 지낼 방을 구하러 돌아다녔어요. 우리나라의 〈벼룩시장〉 같은 지역 신문에 실린 하우스메이트 광고를 보고 며칠을 발품을 팔며 돌아다닌 끝에 적당한 집을 발견했어요. 그 집에는 '대니얼'이라는, 키가 190cm가 넘는 대학생이면서 모델 아르바이트를 하는 잘생긴 청년과 '새라'라고 하는, 딱히 하는 일 없이 빈둥거리다가 주말마다 파티만 찾아다니는 파티걸이 살고 있었어요. 대니얼은 상냥하고 눈물 많고 배려심 많은 동성애자였어요. 우리 집은 늘 그의 게이 친구들로 북적였어요. 반면 새라는 자기 방에서 하루 종일 뭘 하는지 방 밖으로 나오지도 않고 놀러오는 친구도 한 명 없었어요. 밤늦게 식당 일을 마치고 자전거를 타고 집에 돌아오면 대니얼이 미소로 맞아 주었어요. 그런 대니얼과 가끔 맥주를 마시면서 이런저런 애기를 주고받으며 날밤을 새운 적도 있었고, 주말이면 함께 게이 바에 놀러가 춤을 추기도 했어요.

생활이 차츰 안정되고 매일 먹던 버거와 샐러드도 물리기 시작하자 한국 음식, 그중에서도 특히 김치가 그리워졌어요. 시내에 한국 식당이 몇 개 있었지만 꽤 비싼 편이었기 때문에 자주 가지는 못했어요. 집에 주방도 있겠다, 차라리 한국 음식을 직접 해 먹어 보면 어떨까? 시내에 하나뿐인 한국 식재료상에 가서 쌀과 배추를 비롯해 이런저런 부식들, 심지어는 까나리 액젓까지 사 와서는 어머니에게 국제전화를 걸어 가며 김치를 담갔어요. 드디어 김치가 완성이 되고 따뜻한 밥에 겉절이를 얹어먹을 때의 그 맛이란! 난생처음 김치를, 그것도 외국에서 담가 봤지만 정말 너무 맛있었어요. 어? 내가 손맛이 좀 있나? 그날 이후 물김치부터 시작해서 된장찌개, 김치찌개, 계란찜, 감자조림, 김밥, 잡채, 해물탕, 심지어 동태전까지 이것저것 시도해 보고 대니얼에게 시식도 시

소년이여, 요리하라!

켜 주면서 한국 요리에 맛을 들이기 시작했고 하루 한 끼는 꼭 집에서 한국식으로 해 먹었어요.

대니얼, 새라와 함께 내가 사는 집은 방 3개에 주방 하나, 널찍한 거실이 하나 있는 전형적인 호주식 단층집이었어요. 주방에는 낡고 그리 크지 않은 냉장고 하나가 있었는데, 우리는 각자 1/3의 영역을 사용하기로 했어요. 대니얼은 대학교도 다니고 모델 일로 바빠서 집에 있는 시간이 많지 않았어요. 좀처럼 집에서 뭘 해 먹는 일도 없어서 냉장고 안 대니얼의 영역은 거의 비어 있었어요. 그에 비해 나는 한국 요리에 맛을 들인 후 점점 음식 재료들이 늘어나기 시작해서 도저히 내 영역만으로는 부식을 보관할 수 없는 지경에 이르렀지요. 그래서 대니얼에게 부탁을 했더니 흔쾌히 자기 영역도 사용하라고 허락을 해 주더군요. 새라는 대니얼과 반대로 거의 집에 붙어 있었지만 늘 토스트 몇 조각으로 하루를 버티는 친구라 대니얼과 마찬가지로 냉장고 안 그녀의 영역 또한 텅 비어 있었어요. 대니얼의 영역까지 꽉 들어찬 내 부식들이 조금씩 새라의 영역을 넘보기 시작하던 어느 날, 새라가 주방에서 신경질적인 목소리로 내 이름을 불렀어요.

"캐쑤, 네 음식들이 내 영역으로 넘어오잖아! 그리고 냉장고를 열 때마다 네 김치 냄새 때문에 골치가 다 아프다구!"

나만의 자격지심이었는지는 모르지만 안 그래도 평소에 가끔 인종차별적인 시선을 보내는 듯한 새라의 짜증에 나도 화가 났어요. 하지만 먼저 룰을 어긴 것은 내 쪽이니 잘못을 인정하고 사과했어요. 그리고 김치는 별도의 냉장고를 사던가 해서 보관해야겠다고 마음을 먹었지요.

그 일로 안 그래도 데면데면하던 나와 새라의 관계는 더 서먹해져 버렸어요. 거실에서 마주쳐도 '하이!' 정도의 간단한 인사만 하고 제 방으로 쏙 들어가 버리는 새라가 많이 얄미웠어요. 그런데 며칠 후, 평소처럼 해가 중천에 뜬 뒤에야 방 밖으로 나온 새라가 배가 고픈지 빵 봉지를 뒤지더니 빵이 다 떨어졌는지 냉장고를 한번 열어 보고는 그냥 닫더라고요. 거실에 앉아 컴퓨터 게임을 하던 내가 보기에 빵도 떨어지고 먹을 게 없어 고민하는 것처럼 보였어요. 테이블에 앉아 멍하니 물만 마시고 있는 새라를 보니 어쩐지 약간 불쌍해 보여 이렇게 말했어요.

"쌔라야, 밥이 조금 남은 게 있는데 볶음밥 만들어 줄까?"

그러자 새라가 날 쳐다보더니 그게 뭐냐고 묻더군요.

"스페인 밥 요리, 빠에야 같은 거야."

순간 새라의 눈빛이 반짝였어요.

"그거 맛있는 거야, 캐쑤? 그럼…… 번거롭겠지만 부탁해도 될까?"

소년이여, 요리하라!

볶음밥…
만들어줄까?

....

　나는 '어이구, 지랄!' 하고 속으로 한바탕 욕을 해 주고는 주
방으로 들어가 감자와 양파를 썰고 냉동실에 얼려 놓았던 새우
와 홍합을 꺼내서 볶은 다음, 밥을 섞어 빠에야 비슷한 해물 볶음
밥을 만들었어요. 그리고 마지막으로 김치를 잘게 썰어 밥 사이에
비벼 넣었어요. 넓은 접시에 담아낸 볶음밥은 내가 봐도 정말 먹
음직스러워 보였어요. 약간 놀라는 눈치로 볶음밥을 내려다보던
새라는 한 숟가락 떠먹더니 이내 마파람에 게 눈 감추듯 순식간에
밥알 한 톨 남기지 않고 다 먹어 치웠어요. 새라는 아쉬운 표정으
로 숟가락을 내려놓고는 이전에는 한 번도 보내오지 않던 눈길로
나를 바라봤어요.(적어도 나는 그렇게 느꼈어요.) 심지어는 배시시 웃기
까지……

그날 이후 새라는 종종 그런 눈길로 나를 바라봤고, 나는 그때마다 배고픈 새라를 위해 볶음밥을 만들어 줘야 했어요. 말할 필요도 없이 우린 친해졌고, 새라가 수시로 찬밥과 김치가 남았는지 묻는 통에 나는 더욱더 격렬하게 김치를 만들고 밥을 남겨 놔야 했지요. 새라는 고등학교를 졸업하고 취직을 해 보려고 했는데 소극적이고 다소 게으른 성격 탓에 면접에서 번번이 떨어지고는 모든 의욕을 잃어 집에서만 지내게 되었대요. 그러다 보니 없던 대인기피증까지 생기는 바람에 내가 왔을 때도 낯이 설어 친하게 지내기 힘들었다고 고백하더라고요. 나는 그런 새라의 손을 잡아 주며 또 볶음밥이 먹고 싶은지 물었어요.

차츰 요리에 자신이 붙어가자 나는 점점 더 대담해지기 시작했어요. 대니얼과 새라에게 내가 요리를 맡을 테니 친구들을 불러 집에서 파티를 하자고 제안했어요. 그리고 얼마 후 대니얼의 게이 친구들, 새라의 고등학교 친구가 와서 조촐하게 파티를 하면서 재미있게 놀았어요. 대니얼의 친구들이 매달 한국 음식으로 파티를 하자고 해서 나는 호기롭게 그러자고 했어요. 뿐만 아니라 다음 번 파티에는 대니얼의 부모님과 새라의 부모님도 초대하기로 했어요. 그 어떤 파티 때보다 더 심혈을 기울여 십여 가지의 한국 요리를 만들어 대접해 드렸더니 부모님들이 정말 좋아하셨어요. 뒤

소년이여, 요리하라!

뜰에 나가 맥주를 기울이면서 새라의 부모님은 내게 진심어린 감사를 표하셨어요.

"쌔라에게 다 들었다. 우리 딸래미를 거둬 먹여 줘서 정말 고맙다. 새라가 우리를 초대했을 때 깜짝 놀랐다. 누굴 초대하고 그런 아이가 아니었거든. 우리도 오랜만에 딸래미 얼굴을 봤는데 비쩍 마른 쌔라가 오늘 보니 살이 조금 붙은 것 같아 부모로서 눈물이 났다." (마지막 말을 새라 부모님이 진짜 하셨는지 정확히 기억은 안 나요.)

그렇게 그 집에 머무르는 동안 대여섯 번의 파티를 하고 많은 친구들을 사귀고 다양한 경험들에 귀 기울일 수 있었어요. 이 모든 게 한국 요리 덕분에 가능한 일이었어요. 약속한 다섯 달이 지나자 나는 또 다른 경험과 기회를 위해 브리즈번을 떠나기로 했어요. 배낭을 꾸려 집을 나오는데 새라가 문 밖까지 따라 나왔어요. 현관을 내려오는데 새라가 내 이름을 부르더니 두 팔을 벌리더군요. 나는 어쩔 수 없이 새라를 꼭 끌어안아 주고 등을 토닥여 주었어요. 새라가 잠시 어깨를 들썩였다고 느낀 건 내 착각이었을지도 몰라요.

브리즈번을 떠나 북부의 케언스, 사막 한가운데 있는 중부의 앨리스스프링스를 거쳐 남부의 애들레이드를 지나 또 다른 멋진 도시 멜번까지 나의 호주 여행은 계속되었어요. 어느 도시에서건

색다른 모험과 이야깃거리가 기다리고 있었어요. 멜번에서는 돈이 다 떨어져 동네 노숙자들과 함께 쓰레기통을 뒤지기도 했는데, 있는 재료 없는 재료 모두 모아 조금 넉넉하게 볶음밥을 만들어 내면 어디에서든 친구를 구할 수 있었어요. 돌이켜 보면 호주에서의 1년이 이후 내 영화에서도 꾸준히 이어질 인간관을 형성하는 데 가장 결정적인 계기가 되었던 것 같아요. 사람들 사이의 관계에 그 어느 때보다 열려 있었고, 이해하려고 노력했으며 이해 받으려고 애썼던 시간들이었거든요. 아무리 다른 개성을 가지고 있다 하더라도 어울려 뒹굴면서 서로의 체온을 느끼면 이해 못할 일도, 용서 못할 일도 없는 것 같아요. 그렇게 서로를 인정하고 뒤섞이다 보면 생각지도 않았던 근사한 결과도 생길 수 있는 것이 인생이라는 게, 호주에서의 1년이 내게 가르쳐 준 가장 큰 깨달음이었어요. 마치 냉장고 속의 차가운 재료가 뜨겁고 화려하게 부활한 볶음밥처럼요!

소년이여, 요리하라!

김치볶음밥과 시금치 된장국

볶음밥은 사실 냉장고에 남은 오래된 채소들을 정리하기에 최고의
음식이에요. 채소를 볶을 때는 순서에 유념해야 돼요. 먼저 딱딱한
채소부터 볶고 나서 부드러운 채소로 옮겨 가야 해요. 채소가 없다면
김치만 썰어 넣어도 나쁘진 않아요. 하지만 다 볶고 나서 마지막에
참기름 한 방울은 필수. 텁텁한 맛을 부드럽게 만들어 주거든요.
볶음밥과 어울리는 음식은 단연 시금치 된장국이에요. 시금치의 매끄러운
식감과 된장의 풍미가 입안에 도는 기름기를 잡아 줄 거예요. 시금치가
없다면 콩나물을 넣어도 ok.

* 재료: 감자 반 개, 양파 반 개, 당근 반 개, 파프리카 반 개,
  계란 하나, 브로콜리 두 송이, 양송이버섯 두 송이, 식용유,
  참기름, 김치, 찬밥, 시금치, 된장, 국간장, 대파, 홍고추,
  다진 마늘, 다시마 한 조각
* 도구: 프라이팬, 냄비, 도마, 칼, 숟가락, 볶음용 주걱

* 김치볶음밥

① 프라이팬에 식용유를 두르고 먼저 계란 프라이를 한다.

② 계란 프라이를 다른 그릇에 옮겨 놓고 감자와 당근을 잘게 썰어 볶는다.

③ 감자와 당근이 볶아지는 소리가 들릴 무렵 양파와 파프리카를 잘게 썰어 함께 볶는다.

④ 브로콜리와 양송이버섯 등 냉장고에 남은 채소가 있다면 뭐든 잘게 썰어 함께 볶는다.

⑤ 감자와 당근이 익을 무렵 잘게 썬 김치를 넣고, 김치가 익을 때쯤 찬밥을 투하한다.

⑥ 불을 끄고 참기름을 한 스푼 정도 넣어 비빈다.

⑦ 가급적 넓은 흰 접시에 다 된 볶음밥을 올리고 계란 프라이를 토핑한다.

* 시금치 된장국

① 냄비에 물을 담아 다시마 조각을 넣고 팔팔 끓인다.

② 살짝 데친 시금치를 꺼내 먹기 좋게 썬다.

③ 다시마 조각을 빼고 된장과 다진 마늘을 적당히(1인당 한 스푼 정도) 풀어 끓인다.

④ 국물이 끓어오르면 썰어 놓은 시금치를 투하한다.

⑤ 대파와 홍고추도 적당히 썰어 넣는다.

⑥ 간을 보고 싱거우면 국간장으로 조절한다.

⑦ 1~2분가량 더 끓이고 깨끗한 흰 대접에 담는다.

먹으면서 이거 보면 꿀잼일걸?

우리 모두는 또 한 명의 헤드윅

존 카메론 미첼, <헤드윅>

　나는 대학 졸업 후 2년간 일본에서 직장 생활을 했어요. 한국인 동료도 친구도 한 명 없는 타지에서의 생활은 무척 외로웠어요. 외로움을 달랠 요량으로 보기 시작한 비디오는 어느덧 내 인생의 노선을 송두리째 흔들 만한 핵폭탄급 각성이 되어 영화감독의 꿈을 꾸게 만들었어요. 나이 서른에 영화감독을 하겠다며 직장에 사표를 던지고 한국에 돌아오자마자 보게 된 영화가 부천 국제판타스틱영화제에서 선을 보인 <헤드윅>이에요.

　<헤드윅>은 독일 통일 전 동베를린에 살던 평범한 소년이 간단한(!) 수술을 하고 미국으로 건너가 락스타가 되기까지 좌충우돌하는 모습과 파란만장한 해프닝을 담은, 유쾌하면서도 진한 페

소년이여, 요리하라!

이소스가 남는 빼어난 뮤지컬 영
화예요.

일단 노래가 너무 신나요.
모든 노래가 훌륭하지만 그중
에서도 첫 번째 오프닝 곡 〈Tear
Me Down〉부터 너무나 아름다
운 애니메이션과 함께 흐르며 사
랑의 기원을 노래하는 〈Origin of
Love〉, 헤드윅의 자조적인 주제
곡 〈Angry Inch〉와 친절하게도 따

존 카메론 미첼 감독, 〈헤드윅〉, 2002

라 부를 수 있도록 노래방 화면처럼 가사의 진도가 표시되는 〈Wig
in a Box〉와 〈Midnight Radio〉까지 주옥같은 노래들이 넘쳐나지요.

음악 감독 스테판 트래스크가 만들고 헤드윅과 그의 밴드가
영화 안에서 부른 노래들은 음악적 완성도도 뛰어나지만, 이야기
의 흐름과 함께 어울리며 이 영화만의 절묘한 리듬을 만들어 내
요. 또한 가사들은 재치 넘치면서도 깊이가 있고, 유머러스하면서
도 슬픈 여운으로 가득해요.

헤드윅은 스스로를 경계에 선 인물로 노래해요. 남자와 여
자, 우정과 사랑, 동독과 서독, 사회주의와 자본주의, 상업적 성공
과 음악적 가치를 지키는 일 사이에 서서 어디에도 확실히 속하지

못하는 존재, 그래서 어느 곳에서도 환영 받지 못하고 오해를 받을 수밖에 없는 운명이라고 노래하는 거죠. 하지만 그렇다고 해서 슬픔과 원망 속에 갇혀 있는 것이 아니라 내 존재를 세상에 드러내고 이렇게 경계에 선 존재야말로 뭔가 새로운 것들을 창조해 낼 수 있는 원동력이라고 과감히 외치고 있어요. 이런 통쾌한 자기주장이 신나는 리듬에 실려 헤드윅의 우스꽝스러운 퍼포먼스와 함께 스크린 밖으로 터져 나오는 에너지가 정말이지 엄청나요.

안정된 직장인으로서의 삶을 포기하고, 학교에서 제대로 배워 본 적도 없는 영화를 만들겠다고 서른의 나이에 백수가 되어 평일 대낮에 극장에 앉아 이 영화를 보고 있던 내게, 헤드윅은 다름 아닌 나 자신이었어요. 영화감독은 시험을 쳐서 합격하면 되는 일도 아니고, 돈이 많다고 다 영화를 만들 수 있는 것도 아니에요. 어떤 매뉴얼도 없고 지름길이라는 것도 없어요. 경제적 어려움은 불 보듯 뻔한 일이고 스스로의 영화적 재능에 대한 확신도 서 있지 않은 상태였어요. 여차하면 일본으로 다시 돌아갈 수도 있고 한국에서 새로운 직장을 찾을 수도 있었어요. 그야말로 경계에 서 있었던 거죠. 그런 즈음에 헤드윅이 보여 준 그의 뻔뻔스러운(?) 인생 역정과 내 안에 있는 나약함, 그리고 스스로에 대한 불신을 조롱하는 그의 거침없는 노래들은 도망칠 구석부터 먼저 생각하는 내 비겁한 정신을 번쩍 들게 만들었어요. 아마도 이 영화가 내

소년이여, 요리하라!

게 미친 영향이 이리도 컸던 모양이에요. 내 첫 번째 데뷔 영화도 뮤지컬이었으니까요.

어른도 아니고 아이도 아닌, 내 앞에 놓인 수많은 미래의 갈림길 속에서 어떤 것이 내가 진정으로 따를 만한 것인지 혼란스러울 수밖에 없는 청소년 여러분 역시 또 한 명의 헤드윅이에요. 그러니 부디 어떤 편견에도 치우치지 말고, 어떤 위선적인 가르침의 노예 또한 되지 말고 자기 내부에서 들려오는 목소리에 귀 기울이세요. 이것이 헤드윅 삼촌 혹은 이모(!)가 여러분에게 들려주는 진짜 메시지예요.

까르보나라

+

윤종신, 〈본능적으로〉

: 손아람 :

작가. 소설 『진실이 말소된 페이지』, 『소수의견』, 『디 마이너스』와 영화 <소수
의견>의 각본을 썼다. 힙합 그룹 '진실이 말소된 페이지'의 래퍼로 활동하기도
했다.

타인의 취향

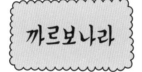

안 생겨요.

사람들은 말한다. 연애를 시작하기가 그렇게 어렵다. 연애를 지속하기는 더 어렵다. 그런데 놀라운 사실은,

생긴다.

반드시. 언젠가는. 누구에게나. 아버지가 어머니를 만나신 것처럼. 할아버지가 할머니를 만나신 것처럼. 우리가 두려워하는 것처럼 연애가 어려운 것이었다면 인류는 진즉에 멸종하고 말았을

터다. 연애는 인간의 운명이다. 그러므로 첫 데이트는 결국엔 닥쳐올, 피할 수 없는 우리의 숙명이라고 할 수 있다.

첫 데이트까지는 누구나 많은 시행착오를 거쳐야 한다. 밑도 끝도 없이 이어지는 황홀한 상상, 밤을 하얗게 지새운 고민, 여전히 섣부른 고백, 꾹꾹 눌러쓴 연애편지 혹은 쪽지, 냉랭한 침묵, 상처를 남기는 말투, "전화번호가 뭐예요?"에서부터 "지금 거신 번호는 없는 번호입니다⋯⋯."까지. 기회는 그 모든 과정을 거쳐 간신히 돌아오는 소중한 것이다. 굳이 강조하지 않아도 다들 알겠지만, 결코 망쳐서는 안 된다. 그래서 우리는 성실하게 준비한다. 주변에 도움을 요청한다. 인터넷을 뒤져 본다. 내일의 날씨는? 약속 장소 근처에서 가장 유명한 맛집은? 가장 맛있는 메뉴는? 가격은? 할인되는 카드는? 첫 데이트의 식당으로 최종적으로 선택되는 곳은 십중팔구 이탈리안 레스토랑이다. 아마 두 접시의 파스타를 주문하게 될 것이다. 크림소스와 올리브 오일 파스타. 혹은 토마토소스와 크림소스 파스타. 그것도 아니면 토마토소스와 올리브 오일 파스타. 어쨌든.

왜 파스타인가? 김치찌개는 안 되나? 된장찌개나 부대찌개는? 김밥천국은? 첫 데이트의 음식이 반드시 파스타여야 할 필요

소년이여, 요리하라!

는 없다. 내가 파스타를 좋아하지 않을 수도 있고, 데이트 상대가 파스타를 좋아하지 않을 수도 있다. 첫 데이트란 서로의 취향을 모르는 상태에서의 만남이다. 그리고 바로 그것이 우리가 파스타를 선택하게 되는 이유다. 첫 데이트의 파스타란, 서로의 취향에 대한 무지를 겸허하게 인정하는 것이며, 함께 식사하는 짧은 시간을 소중하게 여기고 있다는 마음을 에둘러 드러내는 것이다. 비록 우리가 매일 파스타를 먹지는 않을지라도, 파스타가 입맛에 맞지 않을지라도, 그래서 더욱 김치찌개나 된장찌개를 곁들인 식사보다 그 순간이 특별하다는 것을. "이 식당을 고른 건 순전히 너 때문이야." 우리는 그렇게 말하는 대신 아무 말 없이 상대를 이끌어 이탈리안 레스토랑으로 향한다.

'데이트 파스타'를 굳이 허영이나 허세로 여길 필요는 없다. 차차 알게 되겠지만, 우리가 사는 세계의 수많은 절차는 누군가를 진심으로 배려하고, 누군가에게 꾸며 보여 주기 위한 예절 형식들로 복잡하게 뒤엉켜 있다. 허영과 허세를 피하기 위해 첫 데이트의 식사로 짜장면을 고르는 위험을 감수할 필요는 전혀 없다. 운명적인 사랑이 그렇게 스쳐 지나가 버릴지 어떻게 알겠는가?

15년 전, 스무 살이 되던 해였다. 첫 데이트의 식당으로 나는 패밀리 레스토랑을 골랐다. 예나 지금이나 자주 가지 않는 곳이다.

이름이 왜 패밀리 레스토랑인지는 잘 모르겠다. 가족이 함께 식사하기에는 너무 비싸고 너무 어두운 곳이다. 그래서 그때는 패밀리 레스토랑에서 데이트하는 커플이 많았다. 자리에 앉아 메뉴판을 뒤적이다가 나는 평범한 토마토소스 파스타를 골랐고, 내가 만난 여자는 크림소스를 좋아한다며 망설이지 않고 알프레도소스 파스타를 주문했다. 알프레도소스 파스타는 미국에서 인기가 많다. 크림에 비해 버터와 치즈가 많이 들어가서 고소하지만 느끼하고 끈적거리는 식감의 파스타다. 그녀는 왼손에는 숟가락을, 오른손에는 포크를 들고 크림이 진득하게 묻은 파스타 면을 돌돌 말아 스푼에 올린 뒤 입에 넣고 오물오물 씹었다. 아주 우아해 보였다. 나는 조심스럽게 그녀가 먹는 방법을 흉내 냈다. 파스타를 반쯤 먹었을 때 그녀는 종업원에게 김치를 가져다 달라고 부탁했고, 종업원은 피클을 담는 작은 종지 안에 불뚝하게 솟아오르도록 잘게 썬 배추김치를 담아 왔다. 우리는 파스타도 김치도 남기지 않고 모조리 먹었다. 그리고 식사를 마친 뒤 자리에서 바로 일어나지 않고 오래도록 대화를 나눴다. 그녀는 나와 동갑이었고, 광고학을 전공하는 대학교 1학년생이었고, 머리카락은 한참 유행하던 매직 스트레이트 펌을 한 검은 생머리였고, 베이지색 블라우스와 흰색 면바지를 입었고, 눈매가 아주 예뻤는데 어렸을 때 쌍꺼풀 수술을 했다고 솔직하게 고백했다. 노란색 백열 조명 아래서 그녀는 완벽하게 아름다워 보였다. 식사를 마친 뒤 우리는 밤 10시에 시작하는 영화를 볼 계획이었다. 자리에서 일어나 카운터로 걸어가자 종업원은 웃으며 "계산은 자리에서 해 드릴게요."라고 말한 뒤 나를 테이블로 돌려보냈다. 편리하고 세련된 서양식 문화였다. 나는 자리로 돌아가 계산서 위에 만 원짜리 지폐를 얹어 종업원에게 준 뒤 거스름돈이 돌아올 때까지 어색한 표정으로 기다렸다. 그날 밤 우리는 영화를 보았다. 영화표는 그녀가 계산했다. 영화관에서 나올 때 나에게도 애인이 '생겼다.' 우리는 연인이 되어 있었다. 얼마 전 그 패밀리 레스토랑에 다시 갔는데, 옛 추억대로 자리에 앉아 계산을 해 달라고 요구하자 종업원은 웃으며 대답했다. "계산은 카운터에서 해 드릴게요." 카운터까지 걸어간 손님들을 테이블로 돌려보낼 필요 없이, 식당의 문화를 한국화한 것이다. 크림소스 파스타에 곁들여 먹던 배추김치처럼.

사귄 지 1년 되던 날, 나는 선물로 그녀에게 크림소스 파스타를 만들어 주었다. 첫 번째 시도라 맛도 모양도 형편없었다. 그래도 그녀는 어린아이처럼 좋아하며 내 목을 끌어안았다. 그때 처음으로, 나는 비싼 식사를 사는 것보다 정성스런 요리 한 끼를 대접하는 게 훨씬 효과적인 연애 전략이라는 사실을 깨달았다. 그 뒤로 종종 크림소스 파스타를 만들었다. 맛도 모양도 개선되어 갔다.

정량의 소금, 정량의 파스타, 크림과 우유의 이상적인 비율을 경험으로 익혔고, 향신료마다 다른 풍미의 차이를 알게 되었으며, 통후추의 매력에 빠졌고, 메모를 보지 않고도 마치 라면을 끓이듯이 쉽게 파스타를 조리할 수 있게 됐다. 내 크림소스 파스타는 훨씬 나아졌지만 그녀는 처음처럼 기뻐하지는 않았다. 익숙해진 것이다. 연애란 그런 것이다. 얼마 뒤 우리는 헤어졌고, 이제 나는 출출함을 느낄 때마다 혼자서도 크림소스 파스타를 만들어 먹곤 한다.

연애는 우리 곁에 다가왔다가 떠난 사람의 흔적을 남긴다. 고칠 수 없는 습관처럼. 혹은 지워지지 않는 흉터처럼. 누군가와 헤

소년이여, 요리하라!

어질 수는 있지만 누군가를 사랑했다는 사실과 헤어질 수는 없다. 흔적들이 켜켜이 쌓여 한 명의 인간이 만들어진다. 여러분들도 언젠가 겪게 될 과정이다. 지금은 그 흔적의 대부분을 아버지와 어머니와 형제들이 남겼을 것이다. 매운 음식을 좋아한다면 그건 가족의 식습관과 관련이 있을 것이고, 매운 음식을 싫어한다면 그 또한 가족의 식습관과 관련이 있을 것이다. 하지만 나이가 들수록 그 위로 타인의 흔적이 뒤덮인다. 사랑했던 사람들이 좋아하던 음식을 좋아하게 되고, 사랑했던 사람으로부터 커피의 쌉쌀한 향기를 즐기는 법을 배우게 된다. 사랑했던 사람들이 쓰던 향수, 사랑했던 사람들이 보던 영화, 사랑했던 사람들이 싫어하는 행동, 그 모든 것들이 우리를 바꿔 놓는다. 사랑했던 사람들의 흔적이 바로 우리가 누구인지를 결정한다. 여러분 각각의 첫 연애에 대한 기억, 여러분이 배울 첫 번째 타인의 취향, 지워지지 않는 첫 번째 타인의 흔적은 무엇이 될까? 나에게 그것은 크림소스 파스타, 까르보나라였다.

까르보나라

* 재료: 파스타 면 200g, 양파 반쪽, 베이컨 4줄, 달걀
　　　노른자 2개, 생크림 반 컵, 우유 한 컵, 바질 혹은
　　　파슬리 1큰술, 통후추 약간

* 도구: 프라이팬, 도마, 칼, 거품기, 조리용 주걱, 소스를 만들 보울(깊은
　　　그릇이라면 무엇이든 좋다.)

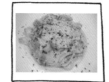

① 양파 반 개를 다지고 베이컨을 두껍게 채 썬다. 양파는 무늬와 같은
　방향으로 썰어 반으로 가른 뒤 눕혀 놓고 피자를 자르듯이 8등분 내서
　썰면 편하다.

② 식용유를 두른 팬에 양파를 노릇해질 때까지 볶은 뒤 덜어 내고 같은
   팬에 베이컨을 굽는다. 베이컨은 크림소스와 함께 다시 끓이게 되므로
   바짝 튀긴다기보다 부들부들할 정도로만 익힌다.

③ 소금을 충분히 넣어 물을 끓인다.

④ 끓는 물에 파스타 면 200g을 넣고 5분 이상 더 끓인다.
   면의 끝 부분이 냄비에 닿으면 타 버리므로 수직으로 세운 뒤
   물에 불어 휘어진 채 담기도록 꾸욱 눌러 주는 게 좋다.

⑤ 면을 끓이는 동안 크림소스를 만든다. 생크림과 우유를 섞은 뒤 달걀
   노른자 2개, 파마산 치즈가루, 통후추 간 것, 바질 혹은 파슬리 등의
   향신료를 넣고 잘 저어 준다. 달걀을 조심스럽게 반으로 깬 뒤 그
   상태에서 노른자를 이쪽저쪽으로 보내 주면 특별한 도구 없이도 흰 자를
   걸러 낼 수 있다.

⑥ 프라이팬에 크림소스와 양파, 베이컨을 넣고 약한 불에 끓인다.

⑦ 크림소스를 끓이는 동안 잘 삶아진 면을 건져 낸다. 파스타가 잘
   삶아졌는지 확인하려면? 이탈리아 요리사들은 면 한 가닥을 건진 뒤

유리창에 던져 달라붙는지 본다고 한다. 아주 어리석은 방법이다. 면 한 가닥을 건졌다면 그냥 찬물에 헹궈 먹어 보면 된다.

⑧ 파스타 면을 크림소스에 넣고 버무려 준다. 뻑뻑하다면 파스타 면을 끓인 물을 조금 부어 농도를 적당하게 맞춘다.

⑨ 그릇에 덜어 낸다. 크림소스 파스타는 콜라와 궁합이 좋다.

Tip

* 소금물?

파스타를 소금물에 끓이는 이유는 면에 간이 배어들게 하기 위해서다.
파스타의 간은 소스가 아니라 면에 배어들도록 하는 게 기본!

* 파스타 면?

파스타 면의 종류는 상당히 많다. 우리가 흔히 '스파게띠'라 부르는 것은 둥글고 가는 일반적인 파스타 면을 말한다. 까르보나라에는 크림소스가 잘 묻어나는 '딸리아뗄레'나 '페투치네' 같은 넓은 면이 잘 어울린다.

* 바질과 파슬리?

바질과 파슬리는 서양 요리에 자주 쓰이는 향신료다. 바질은 향이 깊고, 파슬리는 향이 순한 대신 색감이 예뻐서 멋 내기용으로 좋다.

* 통후추?

크림소스 요리에서 통후추는 중요한 역할을 하므로 그라인더가 달린 제품으로 미리 구비해 두는 게 좋다. 처음 써 본다면 맛의 신세계를 경험하게 될 것이다. 조미 후추와는 맛이 크게 다르다.

먹으면서 이거 보면 꿀잼일걸?

연애의 발견

윤종신, 〈본능적으로〉

본능적으로 느껴졌어 넌 나의 사람이 된다는 걸

처음 널 바라봤던 순간 찰나의 전율을 잊지 못해

좋은 사람인진 모르겠어 미친듯이 막 끌릴 뿐야

섣부른 판단일지라도 왠지 사랑일 것만 같아

- 윤종신, 〈본능적으로〉, 2010

윤종신의 〈본능적으로〉는 크림소스 까르보나라처럼 끈적끈적한 어른의 사랑 노래다. 하지만 연애의 진실된 어떤 대목이 잘 담긴 노래다. 누구나 사랑할 사람을 본능적으로 알아본다. 식당의

소년이여, 요리하라!

메뉴판 보듯이 오랫동안 고민하지 않고, 옷 가게에서 티셔츠의 색깔을 고르듯이 비교해 보지도 않는다. 사실 우리는 생각하지 않는다. 조금도 노력하지 않는다. 그 감정은 그냥 어느 순간 발견되는 것이니까.

문제는 그걸 우리 부모님도 안다는 사실! 부모님도 그렇게 사랑에 빠졌기 때문이다. 그래서 부모님은 야단법석을 떨며 여러분의 연애를 걱정하는 것이다. 사랑을 합리적으로 결정할 수 없고, 사랑을 최선으로 선택할 수는 없기 때문에. 일단 시작되면 그 감정은 통제가 불가능하다. 그 감정을 위해 모든 걸 포기할 수 있을 것만 같다. 세상의 다른 모든 것들이 사소하게만 느껴진다. 무시당하는 기분일지도 모른다. 우리도 알만큼 아는데! 하지만 부모님은 여러분을 무시하는 게 아니다. 비밀을 하나 말해 주자면, 나이가 들면서 다른 모든 것이 바뀌어도 사람이 충동적으로 사랑에 빠진다는 사실만큼은 절대로 변하지 않을 테니까.

어른들의 사랑도 똑같다. 사랑은 어떻게 시작될까? 어떻게 알아볼 수 있을까? 저 사람이 맞을까? 이건 사랑일까? 머릿속에서 다들 똑같은 고민을 하고 있다. 이 감정의 보편성이 바로 대중가요 가사의 대부분을 사랑이 차지하게 된 이유다. 그래서 방송에 나와 깐죽거리기만 하는 아저씨 윤종신이 불렀던 〈본능적으로〉를 〈슈퍼스타 K〉에 출연한 고등학생 가수 강승윤이 따라 불러도 전

윤종신, 〈Monthly Project 2010 May〉, 2010

혀 어색하지 않았던 거다. 강승윤은 사랑을 해 봤을까? '좋은 사람인지 모르겠지만 미친 듯이 끌리는 기분'을 알까? 그건 중요하지 않다. 사랑은 경험이 아니라 본능이니까. 우리는 태어날 때부터 이미 그 기분이 어떤 것인지 알고 있는 것만 같다.

사랑이 궁금하다면, 기다리면 된다. 사랑할 사람을 찾아다닐 필요는 없다. 적당한 때가 올 것이다. 여러분의 레이더가 민감하게 반응하는 순간이. 그 반응을 우리는 '처음 바라봤던 순간 찰나의 전율'이라고 부른다. 하지만 본능의 역할은 거기까지다. 그다음부터는 계획이 필요하다. 강한 남자를 좋아하는 여자와 차분한 남자를 좋아하는 여자, 단도직입적인 남자를 좋아하는 여자와 조심스러운 남자를 좋아하는 여자, 운동 잘하는 남자를 좋아하는 여자와 책을 읽는 남자를 좋아하는 여자, 프라이드치킨을 좋아하는 여자와 크림소스 까르보나라를 좋아하는 여자. 인간이 서로마다 다르므로 연애에 성공하는 한 가지 방법은 없다. 그러니 절대로 네이버 검색창에 '여자 꼬시는 방법'을 입력하는 시간 낭비 따위는 하지 마시라! 여러분이 느끼는 감정이 정말로 사랑이라면, 자연스레

소년이여, 요리하라!

상대를 파악하고 이해하기 위해 노력하게 될 것이다. 무엇이 최선인지 저절로 알게 될 것이다. 아무래도 모르겠다면, 어쩌면 아직 적당한 때가 아닌지도.

환상을 갖지도, 포기하지도 말아야 한다. 안 생기지 않는다. 반드시 생긴다. 그때가 되면 알게 될 터다. 어떤 만남도 상상만큼 낭만적이지는 않았지만, 모든 만남이 상상보다 더 운명적이었다는 걸.

라면볶음

+

이타미 주조, 〈담뽀뽀〉

: 박찬일 :

요리사다. 수입한 재료로 만들던 이탈리아 요리를 거부하고, 우리 땅에서 나는 재료를 가지고 요리하는 것으로 유명하다. 『지중해 태양의 요리사』, 『궁금해요 요리사가 사는 세상』 등의 책을 썼다. 요리보다 글을 더 잘 쓴다(?)는 말을 듣는다.(본인은 이 말을 별로 안 좋아한다, 요리사가 요리를 잘해야지 하면서.)

셰프의 라면

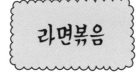

며칠 전, 밤에 글 쓸 일이 있었다. 출출할까 무서워서(이 말 이해하지? 진짜 한밤중의 허기는 무섭다. 요즘에는 그래도 편의점이 있어서 다행이지만) 즉석면을 사 두었다. 그중 하나가 요새 잘 나간다는 '짜왕'. 밤이 되니 글은 못 썼는데 어김없이 허기가 몰려왔다. 눈독 들였던 그 면을 뜯었다. 그리고 물을 채웠다. 흠, 물 붓는 표시선도 아주 제대로 그어져 있네. 별것도 아닌 일에 감동하면서 콸콸 뜨거운 물을 붓고 스프도 호기롭게 뜯어 넣고 기다렸다. "어째, 물을 좀 많이 부은 것 같아?" 이러면서. 4, 5분이 흘러 뚜껑을 열었다.(여러분이 늘 그러는 것처럼 나도 두 손으로 그릇을 움켜쥐고 조금이라도 빨리 익으라고 체온을 보탰다.) 눈치 빠른 친구들은 알아챘겠지만, 망했다. 뭐야! 물을 따라 내고 스프를 부었어야 하는데, 어휴 바보! 뚜껑을 보니 아주 작은 글씨(그렇게 우기고 싶다.)로 요리법이 적혀 있었다. 이런 건 좀 크게 적어 놔야 하는 거 아냐? 인터넷 게시판에 글을 올렸다. 구시렁구시렁, 제대로 글씨를 크게 써 놔야지 알지 않겠나, 라면 회사는 반성하라! 반성하라! 이런 글이었다.

댓글이 달렸다. "그것도 모르셨세요, 셰프님? 당연한 거 아니에요? 요리도 그렇게 하시나요?" 허걱! 그걸 어떻게 미리 알아요, 엉엉. 아는 분 중에 그 라면 회사의 간부가 있다. 이분이 내 글을 봤는지 한 박스를 보내 주신다고 하더니 여태 소식이 없다(^^). 이건 여담인데, 짜장면은 나의 최고 음식이다. 남들은 중국집에 가거나 중국 음식을 배달 주문할 때 햄릿에 버금가는 고민을 한다고 한다. 무슨 고민이냐고? 뭐긴 뭐겠어, 짜장이냐 짬뽕이냐지. 그러나 나는 거의 짜장면으로 결정하기 때문에 별 고민이 없다. 세상에 짜장면보다 맛있는 건 꽤 있다. 소 등심 구이도 있고, 푸아그라도 있고, 오리 가슴살 구이도, 도미와 넙치회도 있다. 그러나 그 어느 것도 짜장면보다 빨리 나오지 않으며, 무엇보다 비싸다. 심지어 심야에도 20분 안에 먹을 수 있는, 이렇게 맛있는 요리가 세상에

소년이여, 요리하라!

어디 있겠는가?

　나는 어려서 절대 혼자 밥을 차려 먹거나 하지 않았다. 누나
가 둘 있었고, 엄마가 있었으니까. 집에 아무도 없더라도 조금 기
다리면 '그 여자들' 중에 하나는 귀가할 테니까. 정 배가 고프면 과
일을 먹으면 됐다. 문제는 그 과일이 껍질을 벗겨야 하는 것일 때
였다. 예를 들면 참외 같은. 참다 참다 아무도 안 오면 그걸 이빨로
벗겨 먹었다. 왜? 칼질을 못했으니까. 내 최초의 칼질은 군대 가서
대검으로 깡통을 따는 일이었다. 그렇게 나는 곱게(?) 자랐다.
　그러던 어느 해 초등학교 5학년쯤이었을까. 처음으로 그런 내
가 라면을 끓였다! 왜 그랬는지는 모르겠다. 아마도 학교 실과(요
즘은 뭐라고 부르는지 모르지만 실용 과목이란 뜻이다.) 시간에 요리를 해 본
후였을 것이다. 요리라기보다는 여럿이 그냥 무리를 지어 뭔가를
불에 익혀 먹었다. 전을 부치고, 샌드위치 같은 즉석 음식을 했던
것 같다. 어어, 요리가 재미있는데? 이런 생각이 들었고, 그래서
집에서 라면 끓이기에 도전해 봤던 것 같다. 먼저 라면을 찾았다.
주황색 삼양 라면이냐 노란색 농심 라면이냐를 골라야 했다. 농심
라면이 처음 나왔을 무렵이었다. 삼양 라면의 아성에 농심이 도전
장을 내민 것이다. 요리법은 대동소이. 친절하게도 봉지 뒷면에는
이렇게 써 있었다. (두 컵 반의) 물을 팔팔 끓이고 면과 스프를 넣습

니다. 기호에 따라 김치, 계란, 파를 곁들이면 좋습니다. 진짜다. 이렇게 간단했다. 세상에서 제일 간단한 요리법이다.

어허? 좋아, 해 보자. 석유풍로를 켰다. 그때는 집집마다 가스가 없었던 때라 석유풍로나 연탄불 아궁이에 요리를 했다. 석유풍로는 심지를 돌려서 위로 올린 후 성냥으로 불을 붙여서 켰다.(참 어렵지? 그런 시절이었다.) 불을 붙이면 매캐한 냄새가 부엌에 가득 찼다. 부엌도 요즘처럼 입식 부엌이 아니라 그냥 흙바닥이었다. 신발을 신고 부엌에 나가야 했다. 그 부엌에 아궁이가 있었고, 연탄을 넣어 난방을 하고 요리를 했다. 석유풍로는 60년대 말~70년대 초에 본격적으로 보급되었는데, 그 이전에는 엄마들 고생이 보통 아니었다. 더울 때 연탄아궁이에 불을 넣으면 집 안이 찜통이 되니 요리를 위한 이동식 연탄 화로가 따로 있었다. 집 마당에 그 화로를 옮겨 놓고 요리를 했다. 그러니 어느 집에서 무얼 해 먹는지 다 알 수 있는 시절이기도 했다.

어쨌든 석유풍로는 등장하자마자 열렬한 환영을 받았다. 우리 집에도 하나 떡하니 들여 놓았다. 요즘 국내 최고의 가전제품 회사의 하나인 엘지의 전신(前身) 금성사 제품이었다. 그 풍로를 켜고 누런 양은냄비에 물을 넣어 끓였다. 조리법에 써 있는 대로 '팔팔' 끓였다. 면과 스프를 조심스럽게 넣고 삶았다. 사각 면이 서서히 풀리면서 나긋나긋한 국수가 되는 과정이 눈에 보였다. 신기

소년이여, 요리하라!

했다. 스프의 향이 집 안에 퍼지면서 보글보글 거품을 만들어 냈다. 엄마가 하듯이 가끔 젓가락으로 저으면서 끓였다. 시간을 잴 수 없어 적당히 면을 들어 올려 먹어 보았다. 앗, 딱딱해, 덜 익었군. 그러다가 아차, 면이 너무 익어 푹 퍼졌다. 먹는 도중에 더 퍼져 버렸다. 요리는 '타이밍'이라는 걸 그때 깨달았다고나 할까. 그렇게 라면을 배웠고, 이제는 요리사가 되었다. 나는 라면에 감사한다. 그때의 그 라면 끓이기 도전이 없었다면 지금 이렇게 셰프가 되었겠어?

그날 이후 나의 라면 요리는 점점 진화했다. 김치를 넣어 보았다. 특히 시어빠진 총각김치를 토막 내어 넣으면 진짜 끝내주는 맛이라는 걸 알았다.(한번 해 봐요. 배추김치 넣은 것과는 비교도 안 되게 맛 있어!) 같은 무인데도 깍두기를 넣었다가는 낭패(왜 그럴까? 지금도 이 유를 모르겠다.)고, 파김치도 넣으면 안 된다는 걸 알았다. 대신 파김 치는 곁들어 먹을 때는 최고다. 계란도 넣어 보기 시작했다. 단백 질이 익는 과정을 처음으로 체험한 셈이었다. 흰자와 노른자가 익 는 순서, 휘저어 넣었을 때 달라지는 요리법도 알게 되었다. 요리 사들끼리 하는 말 중에 '계란 하나 익히는 걸 배우는 데 십 년 걸 린다.'는 말이 있다. 계란은 작지만 단백질과 지방, 수분이 고루 들 어 있고 요리할 수 있는 방법도 워낙 많아서 요리의 기본을 알 수 있다는 뜻이다. 달걀 프라이만 해도 대여섯 가지 방법이 있을 정 도니까. 하여간 계란을 넣으면서 요리 기술(?)이 늘기 시작했다. 고등학생이 되어서는 라면볶음을 만드는 수준까지 진보한 것이 다. 나는 이걸 '간라면'이라고 한다. 순대 먹을 때 나오는 그 간(肝) 이 아니라 깐, 즉 중국요리 기술 중에서 국물 없이 건건하게 볶는 기술인 건(乾)의 중국어 발음인 '간'이다.(깐이라고 하기도 한다.) 간짜 장면을 말할 때 쓰는 그 간이다. 흔한 국물 라면을 마스터하면 도 전해 보는 요리가 바로 간라면이다. 이것은 이탈리아 파스타의 요 리법과도 비슷해서 내가 감히 자랑(?)할 수 있는 요리이기도 하다. 지금 이탈리아 요리를 하게 된 기초가 그때 시작된 셈이라고 해도 좋다.

소년이여, 요리하라!

라면볶음

* 재료: 라면 1개, 버섯 200g, 올리브유 4큰술, 양파 약간
* 도구: 도마, 칼, 프라이팬, 냄비, 조리용 주걱, 국자

① 프라이팬에 올리브유 2큰술을 넣고 양파를 볶는다. 적당히 볶아도 되고 바싹 볶아도 좋다. 하는 사람 마음대로!

② 얇게 썬 버섯(양송이)도 볶는다. 느타리버섯을 써도 좋다. 그밖에 다른 재료들을 넣어도 된다. 대파나 오징어, 소시지 썬 것 등도 좋다. 신 김치를 송송 썰어 넣고 함께 볶아도 ok.

Recipe

③ 냄비에 물을 잡아 라면을 끓인다. 포장지에 써 있는 시간의 딱 절반만 끓인다.

④ ②의 팬에 라면을 건져 넣는다.

⑤ 면 삶은 국물을 한 국자(작은 국자로는 2국자) 넣는다.

⑥ 스프는 3분의 1, 건더기 스프는 전부 넣는다. 스프의 양에 주의하세요!

⑦ 올리브유 남은 것 2큰술을 넣고 잘 볶는다.

⑧ 그릇에 담아낸다.

* 이 요리는 볶음의 기본, 면 삶기의 기본, 재료 썰기의 기본을 두루 연습할 수 있는 멋진 요리다. 게다가 맛도 끝맛!

먹으면서 이거 보면 꿀잼일걸?

라면 덕후라면 꼭 봐야 할 영화

이타미 주조, <담뽀뽀>

라면이 등장하는 영화는 꽤 많다. 특히 한국은 인스턴트 라면(봉지 라면)이 워낙 인기라 영화에도 많이 나온다. 대개는 슬픈(?) 상황에서 소품으로 쓰인다. 홀아비의 쓸쓸함을 묘사하거나 옛 음식의 추억, 청소년들의 거친 음식을 설명하려고 할 때 주로 나온다. 그런데 이런 생각을 해 보지는 않았나? 인스턴트 라면이 있으면 정식 라면도 있다는 거? 라면의 대역사는 바로 일본에서 시작된다. 일본은 본디 우동과 소면, 소바(메밀국수)를 즐겨 먹었다. 그런데 중국 침략 등을 거치면서 라면 문화가 크게 성행한다. 라면이란 말은 납면(拉麵)에서 왔다. '납'이란 잡아 늘인다는 뜻이다. 흔히 한국의 중국 음식에서 수타면이라고 부르는 것이 바로 납면, 즉 중국어 발음으로 라멘이다. 그러니까 라면은 본디 중국의 국수 문화이고, 그것이 한국과 중국에 두루 퍼진 것이다. 짜장면과 짬뽕도 그 물리적 성질로 보면 다 라면이라고 할 수 있다. 원래는 손으로 쳐서 늘여 뽑은 면이기 때문이다.

어쨌든 일본에서는 2차 세계대전 후에 라멘이 폭발적인 인기를 끌게 된다. 간단한 요리법과 이국적인 맛, 풍부한 영양과 짙은 풍미가 인기를 끈 것이다. 그 덕에 현대 일본인들은 라멘 '덕후'를 무수히 양산한다. 매달 라멘집의 랭킹을 매기는 사이트와 잡지가 있는가 하면, 텔레비전 방송에서 라멘을 주제로 토론(?)을 벌일 정도다. 어쨌든 현대 일본인들은 라멘이 원래 자기네 일본 요리인 줄 안다. '주카소바(중국식 국수)'라는 말을 쓰기도 하지만, 이제는 '라멘'이라는 말을 곧 자기들의 고유 요리쯤으로 치부해 버리고 있는 것 같다.

가까운 후쿠오카에 가면 '라멘 스타디움'이라는 쇼핑몰이 있다. 전국의 명물 라멘을 모아 한자리에서 비교 시식할 수 있게 공동 영업을 하는 곳이다. 대도시에는 이처럼 라멘집을 모아서 경쟁을 시키면서 손님을 끄는 장소가 여럿 있다. 라멘은 기본적으로 중국식 국수의 혈통을 지키고 있다. 돼지 뼈, 닭 뼈를 기본으로 쓰며, 돼지고기 고명이 올라간다. 이밖에도 지역마다 가게마다, 또 요리사마다 매우 다양한 요리법을 선보인다. 각종 고명이 워낙 화려하고 다양해서 일일이 설명하기 어려울 지경이다. 심지어 한국의 김치나 김치볶음, 서양의 스테이크가 고명으로 올라가는 라멘도 있다. 맛있는 라멘에 대한 열망은 전 일본적인 현상이다. 일본인들은 라멘에 살고 라멘에 죽는다. 전통의 일본 국수인 우동과 소바는 이미 저 멀리 제쳤다. 일본은 진짜 라멘 공화국이다. 물론 인스턴트 라면은 한국이 더 많이 먹지만.

음식이 소재이고 주제인 영화는 꽤 있다. 〈음식남녀〉(중국 요리를 최고로 멋지게 묘사한다.), 〈바베트의 만찬〉(프랑스 요리의 멋과 맛이 담겼다.)은 이 분야의 고전이다. 최근에도 〈아메리칸 셰프〉 등 훌륭한 음식 영화가 연이어 나오고 있다. 진정한 라면 덕후라면 이 중에 〈담뽀뽀〉를 놓쳐서는 안 된다. 이 영화에는 맛있는 라멘을 만들기 위한 일본인의 집념이 유머러스하면서도 따뜻한 코드로 버무려져 있다. 이타미 주조가 감독이다. 1986년도에 나온 이 영화는 유쾌한 정서로 시종일관하는 요리 영화의 정수를 보여 준다. 사람과 요리가 공동 주연(?)인, 아마도 유일무이한 영화일 것이다.

〈담뽀뽀〉의 이야기는 매우 익숙한 내러티브 구조를 갖고 있다. 맛없는 라면집 주인 '담뽀뽀(일본어로 '민들레'라는 뜻으로 주인공의 이름이기도 하다.)'가 '귀인들'의 도움을 받아 각고의 노력 끝에 라면 달인으로 우뚝 선다는 내용이다. 감독의 독특한 취향을 반영한 듯 서부영화 〈셰인〉의 주인공처럼 홀연히 나타난 귀인들-복장조차

이타미 주조 감독, 〈담뽀뽀〉, 1986

셰인처럼 전형적인 카우보이 라니-은 담뽀뽀의 수련에 절대적인 영향을 끼친다.

〈담뽀뽀〉는 굳이 요리를 좋아하지 않는 이들도 즐겨볼 만한 구석이 있다. 과장된 음악과 재치 있는 편집, 이타미 주조 감독의 피조물들인 희한한 캐릭터의 조역과 단역들을 보는 재미가 쏠쏠하다.

내가 〈담뽀뽀〉에 각별한 애정을 느끼는 것은 수많은 음식 영화 중에 '레시피'가 담긴 유일한 영화이기 때문이다. 이 영화에서는 진짜 일본식 라멘 레시피가 생생하게 공개된다. 〈담뽀뽀〉를 둘러싼 일화가 적지 않은데, 이 영화가 발표된 80년대 중반까지만 해도 한국은 일본 정통 라멘의 불모지였다. 그래서 당시에는 이 영화가 한국에 별로 알려지지 않았다. 그러다가 일본식 라멘이 번지기 시작한 2천 년대에 들어 이 영화는 라멘 마니아라면 꼭 봐야 할 영화로 통하기 시작했다. 소수의 추종자들에게 열광적 경배를 받는 것이 컬트의 진정한 의미라면, 〈담뽀뽀〉야말로 그 반열에 오를 영화이기도 하다. 그 시절, 누

소년이여, 요리하라!

가 돼지기름이 둥둥 뜬 '스-프(라멘 국물을 이르는 일본식 영어)'가 진정한 라멘 국물이라고 생각했겠는가 말이다.

고백하건대 나는 이 영화를 보고 직접 스-프, 즉 라멘 국물을 만들어 보기도 했다. 문자 그대로, 구글에 레시피가 둥둥 떠다니는 판에 영화를 보고 요리를 재현한다는 게 별나기도 하지만, 실제 꽤 맛깔스런 국물이 탄생했다. 그런 의미에서 〈담뽀뽀〉는 리얼리즘 영화이기도 하다. 또한 영화 곳곳에 감독의 유머가 배어 있어 웃느라 한 번, 라멘이 먹고 싶어 또 한 번 배를 움켜쥐어야 하는 영화다. 요즘 서울에는 진짜 일본 라멘을 파는 집들이 제법 생겼다. 영화를 보고 나서 먹고 싶어진다면 망설이지 말고 찾아가 볼 것!

소년
요리
레시피
7

알리오 올리오

+

리처드 휴스, 『자메이카의 열풍』

: 금정연 :

대학교 4학년 여름 방학에 정확히 백 군데의 아르바이트에 지원했다가 어느 곳에서도 연락이 오지 않아 홧김에 쓴 이력서가 덜컥, 붙어 인터넷 서점 알라딘 MD가 되었다. 지금은 자유기고가로 활동하며 이런저런 매체에 책에 관한 글을 쓰고 있다. 마당이 있는 집에서 아내와 함께 개를 기르는 게 장래 희망이다. 지은 책으로 『서서비행』, 『우스운 소설들의 역사』(가제, 출간 예정), 『연애소설이 필요한 시간』(공저), 『볼라뇨 전염병 감염자들의 기록』(공저), 옮긴 책으로 『허그! 프렌즈』가 있다.

둘을 위한 파스타

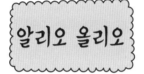

알리오 올리오

군대와 요리

한때 나는 무슨 요리든 할 수 있다고 생각했다. 군에서 제대한 직후였다. 세상 물정 모르는 예비역의 근거 없는 자신감에 대해 이 자리에서 굳이 설명할 필요가 있을까? 어차피 여러분도 언젠가는 알게 될 일이다. 평생 모른다고 해도 상관은 없다. 사실 그게 더 낫다.

군대를 간 뒤 맨 처음 발령 받은 곳은 부산 금정구에 위치한 작은 초소였다. 금정구의 금정연. 그곳에서 나는 반년 동안 매일 11인분의 식사를 준비해야 했다. 아침이면 미역국과 북엇국과 콩나물국을 끓였고, 저녁에는 매운탕과 제육볶음과 닭볶음탕을 만들었다. 부지런히 볶고 졸이고 무쳤다. 프라이팬 하나로 한 번에 여덟 개의 달걀 프라이를 부쳤으며(세 개는 반숙, 다섯 개는 완숙), 껍질이 벗겨지지 않게 생선을 구워 냈다. 조미료는 쓰지 않았다. 고참들의 섬세한 입맛 덕분이었다.

사회로 돌아온 나는 한동안 요리를 멀리했다. 요리를 하는 게 하나도 즐겁지가 않았다. 나는 무슨 요리든 할 수 있었지만 어떤 요리도 하고 싶지 않았다.

요리의 역사

세상에는 두 부류의 외동아들이 있다. 금이야 옥이야 귀하게 자란 외동아들이 하나, 자유방임과 무관심 사이를 오가며 홀로 자란 외동아들이 다른 하나다. 흔히 볼 수 있는 편견이다. 하지만 세상은 그렇게 단순하지 않고, 이쪽 아니면 저쪽으로 명확하게 갈리는 것도 아니다. 다른 많은 외동아들들처럼 나 역시 두 편견 사이에 펼쳐진 광활한 회색 지대에서 어린 시절을 보냈다.

내가 처음으로 요리를 한 건 아홉 살 때였다. 레시피는 다음과 같았다.

소년이여, 요리하라!

① 냄비에 달걀 두 개를 넣고 달걀이 잠길 정도로 물을 붓는다.

② 가스레인지를 켠다.

③ 대충 이 정도면 되었겠지 싶을 때쯤 불을 끈다.

다른 많은 외동아들들처럼 나는 입이 짧았다. 달걀을 두 개 삶은 이유도 하나는 먹고 다른 하나는 엄마에게 자랑하기 위해서였다. 엄마의 반응은 기억나지 않지만 최소한 혼나지는 않았던 것 같다. 만약 그랬다면 달걀 프라이에 도전하지 않았을 테니까. 다른 외동아들들은 어떤지 모르겠지만 나는 약간 소심한 편이다.

삶은 달걀에 비해 달걀 프라이는 조금 더 난이도가 높았다. 먼저 프라이팬에 식용유를 두른다. 팬이 달궈지기를 기다려 달걀을 부친다. 여기까지는 쉽다. 문제는 간이었다. 소금을 골고루 뿌리는 게 쉽지 않았을 뿐더러 얼마나 뿌려야 하는지도 감이 오질 않았다. 갈팡질팡하던 나는 소금 대신 케첩을 뿌렸다. 탁월한 선택이었다. 노른자가 터지긴 했지만 상관없었다. 노른자가 터지면 분통을 터트리던 군대 고참들은 아직 내 인생에 끼어들지 않았을 때였으니까.

다음은 물론 라면이었다. 왜 아니겠는가? 나도 이제 열한 살이었다. 어느덧 라면 한 그릇쯤은 뚝딱 비우는 사내가 되었다는 말이다. 그리고 생라면 중독자이기도 했다. 그날도 엄마 몰래 라면

봉지를 뜯는데 문득 라면을 끓여 봐야겠다는 생각이 들었다. 살다 보면 그런 순간이 있다. 무엇에라도 홀린 듯 나도 모르게 어떤 일을 저질러 버리는 순간이. 하지만 이번에도 문제가 있었다. 봉지에 적힌 조리법에 따르면 물 450ml를 끓이라는데 그게 대체 얼마큼인지 내가 알 게 뭐란 말인가? 나는 적당히 눈대중으로 물을 올렸다. 결과는 대실패. 비 오는 날 야외에서 냄비 뚜껑도 덮지 않고 끓인 라면 맛이 났다. 물이 너무 많았던 것이다. 케첩을 뿌려야 하나? 잠시 고민했던 게 기억난다. 그렇다고 실망하거나 좌절할 필요는 없었다. 그날 이후로 나는 최소한 천 개 이상의 라면을 끓이게 될 운명이었으니, 언젠가 짜지도 싱겁지도 않은 라면을 끓이게 될 날이 올 것이었다. 지겹다는 말이 절로 나올 날들이었다.

어떤 음식은 독이다

주말이면 엄마는 등산을 갔다. 나는 어렸고 엄마도 아직 젊었다. 엄마에게도 엄마만의 시간이 필요했을 것이다. 그때는 그런 걸 잘 몰랐다.

특별할 것 없는 일요일 아침이다. 식탁에는 엄마가 차려 놓은 밥상이 있다. 나는 느지막이 일어나 밥솥에서 따뜻한 밥을 푼다. 오늘의 반찬은 버섯볶음. 만화책을 펼쳐 놓고 먹는 둥 마는 둥 밥을 깨작거리던 나는 이내 수저를 놓는다. 그렇다고 오해는 마시라.

소년이여, 요리하라!

엄마는 요리 솜씨가 좋았다. 지금도 좋지만 예전보다는 조금 간이 짜다. 나이가 들어 미각이 둔해지셨나. 혼자 밥을 드셔서 그런가. 그런 생각을 하면 조금 슬퍼진다.

혼자 있을 때면 늘 그렇게 하는 것처럼 나는 패미컴을 켠다. 얼마 전에 빌린 슈퍼마리오 브라더스3 팩을 꽂는다. 스파게티를 좋아하는 배관공 마리오와 루이지 형제가 등장하는 액션 게임이다. 대마왕 쿠파에게 잡혀간 피치 공주를 구하기 위해 버섯월드를 한창 누비고 있는데 갑자기 화면이 빙글빙글 돌기 시작한다. 뭐지? 새로운 이벤트인가? 그런데 뭔가 이상하다. 자꾸만 식은땀이 흐르고 속이 메슥거린다. 온몸에 힘이 빠져서 땅속으로 빨려 들어가는 기분이다. 점점 눈을 뜨고 있기가 힘들어진다. 그러자 기다렸다는 듯이 꿈이 나를 덮친다. 버섯월드와 스머프 마을을 섞어 놓은 듯한 꿈이다. 하나 둘, 하나 둘…… 커다란 버섯이 끝도 없이 늘어서 있는데 하나 둘, 하나 둘…… 나는 징검다리를 건너듯 그 위를 뛰어다닌다. 땅으로 떨어지면 목숨을 잃기라도 하는 것처럼 쉬지 않고 하나 둘, 하나 둘…….

산에서 돌아온 엄마가 창백한 얼굴로 비몽사몽간에 "하나 둘, 하나 둘……." 헛소리를 하고 있는 나를 발견한다. 한바탕 난리가 난다. 나를 업고 응급실로 달려가는 엄마. 가벼운 중독이라는 진단이 내려진다. 엄마가 산에서 따 온 버섯이 독버섯이었다는 것이다.

다행히 나는 이내 멀쩡해진다. 때론 짧은 입도 도움이 된다.

그날 이후 음식의 소중함을 깨달은 나는 본격적인 요리의 길로 접어들게 되었다, 라고 하면 물론 거짓말이고. 내 입은 더 짧아졌고 나는 냉장고에 있는 음식들의 유통기한에 집착하기 시작했다. 그리고 죽음에 대해 생각하는 시간이 많아졌다. 초등학교 6학년 때의 일이다.

입이 짧아 슬픈 짐승이여

시간은 빠르게 흘러갔다. 하지만 내 요리 실력(그런 게 있다면 말이지만)은 제자리걸음이었고 문워크나 하지 않으면 다행이었다.

고등학교 3학년 때 엄마가 교통사고로 몇 달을 입원했지만 나는 부엌 문턱도 넘지 않았다. 아침은 굶었고 점심은 급식으로 해결했으며, 저녁은 컵라면과 삼각김밥으로 때웠다. 엄마가 저녁 사 먹으라고 준 돈은 #비밀에 썼다. 집안 문제로 엄마가 반년 가까이 집을 비워야 했던 대학교 2학년 때도 사정은 비슷했다. 밖에서는 친구나 선배들에게 신세를 졌고, 혼자 있을 때면 감자와 고구마와 달걀을 삶아 먹었다. 나는 돈이 없었고, 엄마도 밥 사 먹으라고 돈을 줄 상황이 아니었던 것이다.

내가 군 생활을 하며 요리를 배웠다는 말을 했던가? 간이 맞지 않거나 식사 시간이 늦어지면 곧바로 불호령이 떨어지는 스파

소년이여, 요리하라!

르타식("스파르타여, 아침을 든든히 먹어라. 저녁은 지옥에서 먹을 것이다!") 교육은 나를 단련시키는 동시에 요리에 대한 흥미를 앗아 갔다. 대학을 졸업하고 자취를 시작할 무렵 나는 이미 레토르트 식품과 식당밥의 노예가 되어 있었다. 돈은 더 이상 문제가 아니었다. 나는 어엿한 직장인이었고, 이제는 내가 어머니께 용돈을 드릴 차례였다.

외식과 회식의 날들이 이어졌다. 늘 피곤했고 자주 짜증이 났다. 결국 내 발로 병원을 찾았다. 피를 뽑고 오줌을 받고 엑스레이를 찍었다. 의사는 저콜레스테롤증이라고 선언했다. 콜레스테롤 수치가 너무 높아도 문제지만 너무 낮아도 문제인데, 내 경우엔 후자라는 것이었다. "선생님…… 그럼 저는 어떡하죠?" 그러자 의사가 말했다. "밥을 많이 드세요. 고기나 튀김, 새우나 달걀 같은 것도."

그렇게 나는 요리의 세계로 돌아오게 된다. 원치 않은 귀환이었다. 시어머니처럼 잔소리를 늘어놓는 고참들이 있는 것도 아니겠다, 요리 자체는 어려울 게 없었다. 문제는 혼자 먹기엔 내가 만든 음식이 너무 많다는 사실이었다. 11인분 기준으로 음식을 하다 보니 손이 커진 건가? 한번 요리를 하면 며칠 동안 그것만 먹어야 했는데, 나중에는 냄새만 맡아도 속이 메슥거릴 지경이었다. 그래도 재료는 남았다. 보관 기간이 짧은 채소 같은 경우엔 먹는 것보다 버리는 게 더 많을 정도였다. 비록 입은 짧아도 먹는 걸 버리기는 싫었다. 한번은 추석 선물로 받은 사과를 어떻게 할 수 없어서 밤새 사과잼을 만들기도 했다. 몇 년 후 나는 냉장고 구석에 처박혀 있던 사과잼을 버렸다.

그래서 찾아낸 음식이 스파게티였다. 마리오도 좋아하는 스파게티. 만드는 법도 간단하고 남은 재료를 보관하기도 좋다. 면을 삶아 크림소스나 토마토소스와 함께 볶으면 끝이다. 남은 면은 찬장에, 소스는 냉장고에 보관하면 된다. 베이컨이나 새우, 햄 같은 재료를 넣어 콜레스테롤을 보충할 수도 있다. 그렇지만 여기에도 문제는 있었다. 정말이지 문제는 어디에나 있다. 그건 바로 내가 입이 짧다는 사실이었으니, 얼마 못 가 나는 어떤 재료도 비슷한 맛으로 만들어 버리는 토마토소스 특유의 향에 그만 질려 버리고 말았다.(크림소스 스파게티는 아무리 해도 사 먹는 맛이 안 나서 진작에 포기했다.)

아직 오일 스파게티가 남아 있었다. 하지만 시도해 볼 엄두조차 나지 않았다. 사실 마트에서 파는 소스만 있다면 토마토나 크림 스파게티를 만드는 건 '짜왕'이랑 다를 게 없다. 간을 볼 필요도 없다. 하지만 알리오 올리오는 다르다. 올리브유와 마늘만 가지고 맛을 낸다는 게 내게는 대단하게 느껴졌다. 그때 나와 가장 거리가 먼 단어가 있었다면(지금도 사정은 다르지 않지만) 그건 바로 '대단함'이었다. 어느덧 나도 서른이 넘었다. 복학생의 '근자감' 따위는

소년이여, 요리하라!

사라진 지 오래였다.

너와 나의 알리오 올리오

"알리오 올리오 먹고 싶어!" 함께 TV를 보던 아내가 말했다. "나도 먹고 싶어!" 내가 말했다. "한번 해 볼까?" 이것도 내가 한 말이다. 살다 보면 그런 순간이 있다. 무엇에라도 홀린 듯 나도 모르게 어떤 일을 저질러 버리는 순간이. 나는 스마트폰을 꺼내 알리오 올리오 레시피를 검색하다가 조금 놀랐다. 예상과 달리 조리법이 너무 간단했던 것이다. 말도 안 돼! 다른 레시피들을 찾아봐도 다들 엇비슷했다. 정말인가, 내가 만든 편견에 지레 겁을 먹었던 건가 생각하고 있는데 아내가 물었다. "어때, 할 수 있겠어?" 나는 1초도 망설이지 않고 대답했다. "당연하지."

결론부터 말하자면 내가 지레 겁을 먹었던 게 맞다. 알리오 올리오는 조금도 어렵지 않았다. 물론 시행착오는 있었다. 첫 번째는 너무 싱거워서 파마산 치즈(피자를 시켜 먹고 남았던)로 응급처치를 해야 했다. 다행히 아내는 맛있게 먹어 주었다. 두 번째는 조금 느끼했다. 매운 고추를 깜빡하고 넣지 않았기 때문인데, 냉장고에 있던 사이다가 시원하게 해결해 주었다. 세 번째는 완벽했다. 이것이 바로 알리오 올리오다! 하고 외치고 싶을 정도로. 하지만 우리는 조용히 자기 앞의 접시를 비웠다. 먹기 바빠서 말을 할 틈이 없었던 것이다. 신혼만 아니었다면 접시 바닥까지 싹싹 핥아 먹었을지도 모른다.

그날 이후 알리오 올리오는 우리의 단골 메뉴가 되었다. 알리오 올리오를 먹을 때마다 나는 내가 했던 말을 취소해야 했는데, 네 번째 요리를 먹을 때는 세 번째 요리가 완벽했다는 말을 취소하고, 다섯 번째 요리를 먹으면서 네 번째 요리야말로 완벽했다는 말을 취소하는 식이었다. 내 입으로 말하자니 조금 쑥스럽지만, 요리를 거듭하면 할수록 내가 만든 알리오 올리오는 점점 더 맛있어졌다. 아니면 내 입이 길어졌거나. 분명한 건 요리가 즐거워졌다는 사실이다. 혼나지 않기 위해, 아프지 않기 위해 억지로 하던 요리와는 달랐다. 그제야 나는 깨달았다. 지금까지 내가 두 사람을 위한 요리(다운 요리)를 해 본 적이 없었다는 사실을. 심지어 어머니와

소년이여, 요리하라!

나를 위한 요리조차도. 그렇게 생각하니 조금 부끄러웠다.

열한 명은 너무 많다. 한 명은 너무 적다. 내가 무슨 요리든 할 수 있는 건 아니지만 아내를 위해 아내가 좋아하는 음식을 요리할 수는 있다. 최소한 한 가지는 자신 있다. 그리고 그 목록은 차차 늘어날 거라고 믿는다. 물론 시행착오를 겪을 수도 있다. 실패를 할 수도, 도저히 먹지 못할 '괴식'이 탄생할 수도 있다. 하지만 그때도 함께 웃을 수는 있다. 어쨌거나 우리가 같이 하는 또 한 번의 식사다. 따뜻한 접시를 앞에 두고 우리는 마주 앉는다. 그리고 먹는다. 둘이 함께. 결국 사랑이다.

알리오 올리오

오늘은 명란젓을 넣어 만든 명란 알리오 올리오를 소개한다. 마침 냉장고에 명란젓이 있어서다. (명란젓이 없다면 무시해도 된다.) 2인분 기준이니 함께 먹을 사람을 생각하며 만들어 보자.

* 재료: 올리브유, 스파게티 면(500원짜리 동전 크기 두 개 분량),

　　　　마늘 10쪽 내외(취향에 따라 얼마든지 추가 가능), 소금 약간,

　　　　페페론치노(청양고추로 대체 가능) 2개, 명란젓 2개, (후추),

　　　　(파마산 치즈)

* 도구: 냄비, 프라이팬, 도마, 칼, 조리용 주걱, 국자, 집게

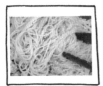 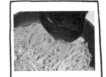 

① 재료를 준비한다. 중간 이상 크기의 냄비에 라면 두 개 반 분량 정도의 물을 넣고 끓인다. 소금을 두 스푼 정도 넣는다.

② 재료를 손질한다. 마늘은 편으로 납작하게 썰고, 고추는 자르고 명란은 흐르는 물에 씻어 잘게 썬다.

③ 물이 끓으면 면을 넣는다. 삶는 시간은 8~9분이 적당하다.

④ 면을 넣고 6~7분이 지나면 프라이팬에 올리브유를 넉넉히 두르고 마늘을 볶기 시작한다. 마늘이 노릇노릇해지면 고추를 넣고 잠시 후 명란을 넣는다.

⑤ 8~9분이 되면 삶아진 면을 꺼내 바로 프라이팬으로 옮긴다. 기름이 면에 골고루 묻도록 비벼 가며 함께 볶는다.

⑥ 면을 끓이고 남은 면수를 한두 국자 정도 넣어서 간과 농도를 조절한다.

⑦ 면수가 적당히 날아가면 접시에 옮겨 담는다. 취향에 따라 통후추를 갈아 넣어도 좋고, 간이 맞지 않으면 파마산 치즈를 조금 넣어도 좋다.

먹으면서 이거 보면 꿀잼일걸?

그들 모두 어른이 된 후에

리처드 휴스, 『자메이카의 열풍』

그들은 잠잘 시간이 지난 뒤 갑판 위에서 별빛을 받으며 음식을 먹었고, 아이들도 마땅히 그래야 했겠지만, 양쪽은 갑자기 압도적이고 전혀 예기치 않은 스스러움에 사로잡혔고, 그 결과 그것은 어떤 공식 연회보다도 딱딱하고 지루한 저녁 식사가 되었다. (중략) 하지만 아이들은 예의범절을 과시하는 쪽을 택했다. 부모들이 보았다면 깜짝 놀랐을 것이다. 그러자 선원들도 똑같이 격식을 차리게 되었는데, 몸집이 작고 원숭이처럼 생긴 한 사내는 선천적으로 계속 트림을 하는 바람에 동료들이 팔꿈치로 찌르고 눈을 깜박여 신호를 하자, 자연히 어쩔 줄 모르고 허둥대다가 혼자 식사를 하려고 멀리 떨어진 곳으로 가버렸다.

소년이여, 요리하라!

(중략) 저녁 식사가 끝나자 선원들과 아이들 사이는 훨씬 더 어색해졌다.

– 리처드 휴스, 『자메이카의 열풍』(문학과지성사, 2014) 중에서

이제 막 배를 갈아탄 아이들에게는 적응할 시간이 필요했다. 보호자도 없이 먼 길을 떠난 아이들이다. 위로는 열세 살에서 아래로는 세 살까지 연령대도 다양한 그들의 이름은 존, 에밀리, 마거릿, 해리, 에드워드, 레이첼 그리고 로라. 얼마 안 가 일곱 명의 아이들은 새로운 생활에 흠뻑 빠지게 되겠지만 과연 선원들도 그럴지는 지켜볼 일이다.

모든 것은 허리케인에서 시작되었다. 자메이카를 강타한 허리케인이 마을을 쑥대밭으로 만드는 통에 죽을 고비를 넘긴 손턴 부부가 아이들만이라도 안전한 고향으로 돌려보내기로 한 것이다. 영국으로 향하는 클로린다호에 아이들만 덜렁 태워 보내는 걸 과연 안전하다고 할 수 있을지는 나도 잘 모르겠다. 어쨌거나 그들은 인상 좋은 선장을 믿기로 했다. 그들은 아이들이 그동안 너무 부모에게만 의존했다며 아이들의 삶과 생각의 중심에 부모만 있는 건 좋지 않다고 스스로를 합리화하기도 했는데, 그건 물론 엄청난 착각이었다.

아이들은 새로운 생활에 곧바로 익숙해졌다. 너무 익숙해진 나머지 부모와 자메이카의 집이 거의 전생처럼 느껴질 지경이었다. 아이들은 눈앞의 현실을 철저하게 즐겼고 선원들도 그런 아이들을 예뻐해 주었다. 아마도 선장은 손턴 부부의 바람대로 아이들을 안전하게 영국으로 데려다 줄 수도 있었을 것이다. 중간에 해적을 만나지만 않았어도 분명 그랬을 거다.

몇 발의 총성과 협박, 그리고 오해. 그것으로 충분했다. 죽거나 다친 사람도 없다. 그들은 돈을 내놓지 않으면 아이들을 쏘겠다는 말로 고집불통인 클로린다호의 선장을 협박했을 뿐이었다. 그리고 원하던 바를 얻어 낸 그들은 해적선으로 돌아갔다. 문제는 인질이랍시고 아이들까지 데려갔다는 거다. 도대체 무슨 생각이었는지 모르겠지만 그들도 조만간 자신들의 잘못을 깨닫고 충분히 후회할 것이었으니 나까지 말을 보탤 필요는 없겠다. 텅 빈 클로린다호에 남겨진 선장은 아이들이 당연히 죽었을 거라고 생각하며 자메이카의 부모에게 편지를 쓴다.

그리하여 공식적으로는 세상에 존재하지 않는 아이들과 어딘지 순진한 구석이 있는 해적들의 기묘한 선상 생활이 시작된다. 먼저 손을 내민 것은 아이들이었다. 아이들은 특유의 천진함으로 어른들의 마음을 녹였고, 선원들도 특유의 넉살로 아이들을 받아 주었다. '츤데레' 욘센 선장만은 좀처럼 까칠한 태도를 버리지 않

소년이여, 요리하라!

았지만, 그런 그조차 마음 한구석에서 아이들의 존재가 점점 커지는 것을 막을 수는 없었다. 그리고 (그는 원치 않았겠지만) 그 또한 점차 아이들의 삶과 생각의 중심에 자리하게 되었다. 그러던 중 노획품을 처분하기 위해 정박한 섬에서 첫 번째 사건이 발생한다. 연극을 구경하던 존이 무대에서 떨어져 목숨을 잃은 것이다. 놀랍게도 아이들은 존이 없는 생활에도 이내 익숙해진다. 정말이지 놀라운 적응력이다.

그 후로 한동안 평화로운 나날이 이어지는 것처럼 보였다. 그러나 실은 폭풍 전야였다. 어른들이 아이들에 대해 가지는 흔한 오해가 있는데, 그것은 그들이 미숙한 어른이라는 편견이다. 하지만 아이들은 아이들이다. 사람이 꿀벌의 생각을 이해할 수 없는 것처럼 어른들은 아무리 애를 써도 아이들을 이해할 수 없다. 아이들의 작은 몸 안에서는 저마다의 나이에 맞는 기묘한 생각들이 들끓고 있었으니, 해리와 에드워드는 해적왕이 되겠다며 선원들의 꽁무니를 쫓았고 레이첼은 온갖 잡동사니를 그러모아 자신의 아이들이라고 선언했으며, 에밀리는 새로운 종교를 만들었다. 그리고 사춘기에 접어든 마거릿은 아이들을 멀리하기 시작했다. 얼핏 보기에는 무관해 보이는 일들이다. 하지만 얼마 후 이것들이 모여 커다란 오해를 만들고, 누구도 의도하지 않은 궁지 속으로 해적들을 몰고 갈 것이었다. #스포일러나 #스포일러 등을 통해서.

소설의 마지막에서 아이들은 우여곡절 끝에 무사히 영국에 도착한다. 그리고 다시 한 번 눈앞의 현실에 빠르게 적응해 간다. 해적에게 납치되어 온갖 고초를 겪고 돌아온(사람들은 그렇게 믿었다.) 아이들은 수많은 사람들의 관심과 동정을 받았고, 누이를 위해 해적과 맞서다 목숨을 잃은(?) 존은 영웅으로 추앙되었다. 에밀리에게는 새로운 임무가 주어졌는데, 그것은 바로 체포된 해적 선장과 일당들을 교수형에 처하기 위해 법정에서 그들의 악행을 낱낱이 증언하는 일이었다. 그들은 교수형에 처해질 만한 악당은 아니었고 에밀리도 그 사실을 잘 안다. 아니, 알았다. 과연 에밀리의 선택은?

그런데 이렇게 글을 쓰고 있자니 조금 걱정이 된다. 과연 내가 이 소설의 매력을 잘 전달하고 있는지 의심스러워졌기 때문이다. 아마 아닐 것이다. 그렇다고 아이들의 "타락한 천진함"과 어른들의 위선 운운하며 그럴듯한 말을 늘어놓는 것도 소용없는 일이다. 리처드 휴스의 생생하고 우스꽝스러운 문장들을 옮기기 위해서는 그의 소설을 고스란히 옮겨 적는 수밖에 없다는 생각도 든다. 번역가 김석희는 해설에서 "나는 문자 그대로 주옥같고 천재적인 이 작품을 요설적인 해설로 망치고 싶지 않았다."라고 고백하고 있는데 지금 내 마음이 꼭 그렇다. 당신들 한 명 한 명에게 이 책을 선물하고 싶을 정도다.(마음이 그렇다는 거다.)

나는 어느덧 어른이 된 여섯 명의 아이들이 이제는 아련한 꿈

소년이여, 요리하라!

처럼 멀게만 느껴지는 해적선의 추
억을 떠올리는 순간을 상상한다. 그
때 그들의 머릿속에는 어떤 장면이
펼쳐질까? 갑판에서 벌이던 술래잡
기? 상선을 공격하던 해적들의 모
습? 호랑이와 사자의 싱거웠던 대
결? 바닥 가득 흘러넘치던 피? 아
니면, 끝없이 펼쳐진 바다? 내 상
상 속에서 그들은 해적선에서 보낸,
첫날의 저녁 식사를 떠올린다. 어린

리처드 휴스, 『자메이카의 열풍』,
2014

시절의 한 시기를 보낸, 낯선 어른들과 처음으로 함께 밥을 먹던
어색했던 순간을. 그냥 내 느낌이다. 비슬비슬 터져 나오는 웃음과
함께 마음 한구석을 서늘하게 만드는 소설이지만 그렇게 생각하
면 어쩐지 마음이 조금 가벼워진다.

소년
요리
레시피
8

볶음밥

+

김창완, 〈어머니와 고등어〉

: 노명우 :

사회학과 교수. 의사가 되려고 했으나 갑자기 고등학교 3학년 때 사회학에 관심을 갖기 시작했다. 결국 집안의 반대를 무릅쓰고 사회학과에 들어갔고, 처음으로 공부가 재미있을 수도 있음을 알았다. 독일 유학 시절, 생존에 필요한 요리 기술을 스스로 익히며 자립 능력을 키웠다. 요리 학원에 다닌 적은 없지만 사회학에서 배운 상상력을 요리에 응용해 이것저것 잘해 먹으며, 꽤나 먹을 만한 요리를 내놓는다는 평을 자주 듣는다. 바쁘더라도 가능하면 요리는 내 손으로 해 먹는다는 원칙을 지키려고 노력하며 살고 있다.

우주와 사랑을 품은 요리

볶음밥

동물도 먹고 사람도 먹는다. 하지만 동물과 사람은 다르다. 동물은 그저 생존하기 위해 먹지만 사람의 먹는 행위에는 의미가 담겨 있다. 요리는 인간만이 하는 행동이다. 요리를 통해 인간은 동물보다 우월함을 입증한다. 짐승은 날것으로 먹는다. 하지만 인간은 자신의 뜻을 담아 재료를 변형시킨다. 날것을 굽고 찌고 튀기기도 하고, 날것에 소금과 후추를 넣어 맛을 낸다. 요리는 이렇게 탄생한다. 요리란 결국 자신이 동물이 아니라 인간임을 표현하는 창의적 활동인 셈이다. 그래서 사람은 누구나 자기만의 요리를 할 줄 알아야 한다.

갓 태어난 인간이 할 수 있는 일은 별로 없다. 갓난아이는 먹고 싸고 울고 웃기만 한다. 어린아이는 자기 스스로 먹을 것을 챙겨 먹지 못한다. 어린아이를 돌봐 주는 성인이 어린아이를 위해 요리를 한다. 따라서 어른이 된다는 것은 자신이 스스로 해야 할 일이 늘어난다는 뜻이다.

나 또한 스스로 요리해 먹을 수 있게 되면서 비로소 어른이 되었다. 자신이 먹을 것을 스스로 요리할 뿐만 아니라 다른 사람을 위해 요리할 수 있다면 그건 더 어른스럽다. 요리를 배우는 일은, 그래서 어른이 되는 과정을 배우는 것이기도 하다. 아이에서 어른이 되어 가는 십 대 때야말로 자립 요리를 시작하기에 딱 적당한 나이다. 이 시기에 요리를 위한 첫걸음을 시작하면, 여러분은 법적으로 성인이 되었을 때 자신의 먹을거리는 스스로 해결할 줄 아는 의젓한 인물이 되어 있을 것이다. 그게 진정한 의미의 자립이다.

자립을 위해 필요한 요리는 고급 레스토랑에서나 먹을 수 있는 거창한 요리가 아니다. 자립을 위해 필요한 요리가 되기 위해

소년이여, 요리하라!

서는 몇 가지 조건이 필요하다. 첫 번째로, 구하기 쉬운 재료여야 한다. 두 번째는 요리를 하는 데 특별한 기술이 필요하지 않아야 한다는 것이며, 세 번째로, 음식물 쓰레기가 적게 남는 요리여야 한다. 네 번째는 설거지거리는 단순해야 한다는 것이다. 하지만 이 모든 조건에도 불구하고 마지막으로 자립을 위해 필요한 요리의 가장 중요한 조건은 재미있고 창조적이어야 한다는 것이다.

자립 요리를 위한 이 모든 조건을 거의 완벽하게 충족시켜 주는 음식이 있으니, 바로 볶음밥이다. 볶음밥은 밥을 이용한 음식이다. 그리고 밥은 어디에나 있다. 지구 어느 곳에 있든 가장 손쉽게 구할 수 있는 식재료는 밀가루와 밥이다. 따라서 가장 손쉽게 구할 수 있는 식재료인 쌀로 만든 밥에서 자립 요리를 출발하는 것도 괜찮다. 쌀의 품종은 다양하다. 지역마다 주로 먹는 쌀의 품종도 다르다. 하지만 볶음밥은 어떤 품종의 쌀로도 만들 수 있다.

볶음밥은 웬만해선 실패할 수 없는 요리이다. 조리법이 간단하니까. 조리 도구도 많이 필요 없다. 프라이팬과 조리용 주걱만 있으면 된다. 그리고 어떤 품종의 쌀로 만든 밥이든 밥만 준비되어 있다면 지구상 그 어떤 요리보다도 초고속으로 만들어 낼 수 있다. 5분에서 길어 봐야 10분 정도만 투자하면, 차갑게 식어 천덕꾸러기가 된 밥도 멋진 볶음밥으로 변신한다. 여러분이 손에 들고 있는 프라이팬은 때로 마법사의 도구가 될 수 있다. 부엌에 들어

선 순간 여러분은 프라이팬을 든 해리 포터이다.

밥은 어떤 재료든 든든히 받쳐 주는 믿음직한 친구이다. 볶음밥은 밥으로 만든 요리지만, 볶음밥에서 밥은 자신의 존재를 부각시키지 않는다. 밥은 언제나 다른 재료를 묵묵히 지지해 준다. 그래서 우리는 거의 모든 재료를 이용해 다양한 볶음밥을 만들 수 있다. 볶음밥의 훌륭한 점은 무엇보다 요리를 하기 위해 별도의 재료를 사지 않아도 된다는 것이다. 어떤 재료든 잘 어우러지기 때문이다. 못 믿겠거든 한번 시험해 보라. 먼저 냉장고 문을 연다. 그 안에서 가장 마음에 드는 재료를 찾아낸다. 그리고 밥과 함께 프라이팬에서 볶아 낸다. 볶음밥 완성이다.

또한 볶음밥은 음식물 쓰레기를 만들어 내는 음식이 아니라, 음식물 쓰레기가 생기지 않도록 해 주는 대단히 훌륭한 요리이다. 그뿐인가. 볶음밥을 먹고 나면 설거지도 단순하다. 혼자 먹었을 경우라면 접시 하나, 그리고 수저 한 벌이 설거지해야 할 전부이다. 먹을 때도 기분 좋지만 볶음밥은 먹고 난 이후에도 깔끔한 흔적을 남긴다. 사람들이 요리하는 걸 싫어하는 이유는 의외로 단순하다. 너무 복잡한 요리부터 시작한 경우다. 복잡한 요리는 재료도 많이 필요하고, 조리 도구도 많이 사용하고, 요리 시간도 길다. 게다가 가장 심각한 문제는 설거지거리를 너무 많이 남긴다는 점이다. 이런 요리를 한 번 하고 나서 설거지를 하며 고생한 기억이 머릿속

소년이여, 요리하라!

에 남으면, 십중팔구 사람들은 요리를 싫어하게 된다. 하지만 볶음밥은 다르다. 볶음밥으로 요리를 시작하면, 요리를 아주 재미있어 하게 될 가능성이 매우 높다.

간단하게 만들었다고 해서 맛도 심심하기만 하다면 소용없다. 자립을 위해 필요한 음식이라고 해서 '굶어 죽을 수는 없으니 맛은 없지만 억지로 꾸역꾸역 먹는' 음식이어서는 안 된다. 자립을 위한 요리일수록 더 맛있어야 한다. 그런 면에서 보자면 볶음밥은 초간단 요리이면서 동시에 맛도 있는 요리이다. 볶음밥은 물론 밥이 주재료지만 세상에는 수천 개의 볶음밥이 있을 수 있다. 볶음밥의 이름과 맛은 밥과 어떤 재료가 만났느냐에 따라 천차만별 달라진다. 그래서 볶음밥은 누구나 좋아하는 음식이 된다.

사람마다 특별히 좋아하는 재료가 있다. 고기를 좋아하는 사람이 있는가 하면 채소를 좋아하는 사람도 있다. 입맛도 제각각이다. 어떤 사람은 한국 음식을 좋아하고, 또 어떤 사람은 서양 음식을 좋아한다. 그러나 볶음밥은 좋아하는 재료가 무엇이든, 어떤 입맛을 지녔든 상관없이 모든 사람의 입맛에 맞는 요리로 변신할 수 있다.

고기를 좋아하는 사람이라면, 냉장고에 있는 남은 불고기와 밥을 이용해서 불고기 볶음밥을 만들 수 있다. 채소를 좋아하는 사람이라면 토마토와 밥을 이용해서 토마토 볶음밥을 만들면 된다. 계란을 좋아하는 사람이라면 계란과 밥을 이용해 계란 볶음밥을 만들 수 있다.

한국 음식 맛을 좋아하는 사람이라면 볶음밥에 간장을 조금 넣으면 된다. 서양 음식 맛을 좋아하는 사람이라면 식용유 대신 버터를 사용하거나 볶음밥에 토마토케첩을 뿌리거나 치즈를 얹어 먹으면 된다. 또 동남아시아 음식을 좋아한다면 간장 대신 피시소스나 액젓을 조금 넣어 먹으면 된다.

볶음밥은 자유롭다. 딱 정해진 조리법도 없다. 자신이 좋아하는 재료 혹은 같이 먹을 사람이 좋아하는 재료를 추가할 수도 있고 뺄 수도 있다. 파를 싫어하는 사람이라면 파를 빼면 된다. 반대로 파를 좋아한다면, 계란 볶음밥에 파를 송송 썰어 넣으면 아주 맛있게 먹을 수 있다. 올리브를 좋아한다면 토마토 볶음밥에 올리브를 썰어 넣을 수도 있다. 올리브를 넣은 토마토 볶음밥은 평범한 밥을 순식간에 지중해 음식으로 변신시켜 준다.

재료의 조합은 무궁무진하기에 볶음밥은 요리하는 사람의 창의력을 자극한다. 전혀 어울리지 않을 것 같았던 조합을 통해 새로운 볶음밥을 발견하기도 한다. 밥과 불고기가 만나면 평범한 불고기 볶음밥이지만, 불고기 볶음밥에 샐러리를 썰어 넣으면 갑자

소년이여, 요리하라!

기 평범한 불고기 볶음밥이 마법에서 풀려난 왕자님처럼 고급진 맛으로 변신하기도 한다. 요리는 이래서 즐겁다. 발견하는 재미를 우리에게 선물하니까. 요리를 잘하는 사람은 그 어느 누구보다도 상상력이 풍부한 사람이다. 그래서 창조적인 사람들 중에는 요리를 잘하는 사람들이 많다.

물론 처음에는 실패할 수도 있다. 제법 어울릴 수 있는 재료라 생각했는데, 막상 요리를 해 보니 어울리지 않을 수도 있다. 그럴 땐 실패에서 배우면 된다. 여러분은 실패를 통해 어떤 재료와 어떤 재료가 서로 어울릴지 하나하나 배우게 될 것이다. 그 실패를 통해 여러분만의 궁극의 볶음밥 레시피를 완성하면, 여러분은 성인들의 세계로 하산해도 된다. 자립할 충분한 조건을 갖추었으니. 그리고 그 볶음밥에 여러분의 이름을 붙이면 된다. 우주에 존재하는 수많은 별처럼, 수많은 실패를 바탕으로 완성된 빛나는 볶음밥으로 우리가 사는 지구는 가득 차 있다.

소년이여, 요리하라!

볶음밥

볶음밥은 기본만 지키면 누가 만들어도 최소한의 맛이 난다. 볶음밥을 형편없게 만드는 단 한 가지 이유는 바로 재료 욕심 때문이다. 재료를 많이 넣는다고 볶음밥이 맛있어지진 않는다. 때로 너무 많은 재료는 볶음밥을 망친다. 볶음밥 레시피의 가장 기본은 내가 만든 볶음밥에 이름을 제공할 주재료를 선정하는 것이다. 김치가 주재료면, 그 볶음밥은 김치볶음밥이다. 계란이 주재료면, 그 볶음밥은 계란 볶음밥이다. 하지만 이 모든 재료를 다 넣은 요리는 볶음밥이 아니다. 그런 걸 사람들은 '개밥'이라고 부른다.

* 기본 재료: 밥, 소금, 식용유

* 응용 재료: 계란, 토마토, 남은 불고기 등

* 추가 재료: 버터, 간장, 피시소스 혹은 액젓, 토마토케첩

* 도구: 프라이팬, 조리용 주걱

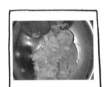

① 밥을 준비한다. 찬밥, 더운밥 상관없지만 왠지 찬밥으로 만든 볶음밥이 항상 더 맛있다.

② 프라이팬에 기름을 두른다. 달궈질 때까지 기다린다.

③ 손질한 주재료(계란 볶음밥이면 계란, 불고기 볶음밥이면 불고기, 토마토 볶음밥이면 토마토)를 프라이팬에 투척한다. 타지 않도록 조리용 주걱으로 잘 섞는다. 프라이팬을 핸들링해서 섞으면 더 폼이 난다.

④ 밥을 넣는다. 주재료와 잘 섞으면서 센 불에서 잽싸게 볶는다.

⑤ 소금은 적당량 넣는다. 필요하면 후추도 넣는다.

⑥ 부수적으로 필요한 야채를 넣는다. (계란 볶음밥엔 송송 썬 파,
불고기 볶음밥엔 샐러리, 토마토 볶음밥엔 올리브 등)

⑦ 접시에 담아 먹는다. 먹을 때 기호에 따라 토마토케첩을 넣거나
간장을 살짝 뿌려 먹어도 좋다.

먹으면서 이거 보면 꿀잼일걸?

"한밤중에 목이 말라 냉장고를 열어 보니"

김창완, <어머니와 고등어>

스스로 먹을 음식을 요리할 수 있다면 자립 생활이 가능하다는 신호이다. 하지만 이것으로 끝일까? 진정한 자립은 나를 위한 요리뿐만 아니라 다른 사람을 위해 요리할 때 비로소 시작된다. 어린아이는 남을 돕기 쉽지 않다. 남을 돕고 싶은 마음이 아무리 강해도, 그 마음만으로 남을 도울 수는 없다. 남을 도울 수 있기 위해서는 능력을 갖추어야 한다. 요리는 그중 빠질 수 없는 항목이다.

가족 구성원을 의미하는 식구라는 단어는 '함께 밥을 먹으며 끼니를 해결하는 사람'이라는 뜻을 지녔다. 식구들은 밥을 자주 같이 먹는다. 식구들은 모여서 밥을 먹지만, 요리는 한 사람의 몫인 경우가 많다. 어머니가 가족 안에서 요리를 주로 하는 사람이다.

소년이여, 요리하라!

김창완의 노래 〈어머니와 고등어〉
는 아들이 부르는 노래이다. 이 노
래의 주인공인 아들은, 아들의 관
점에서 요리를 본다. 노래의 진행은
이렇다. 한밤중에 아들이 일어났다.
목이 말랐다. 그래서 차가운 물을
마시기 위해 냉장고를 열었다. 흔한

김창완, 〈어머니와 고등어〉, 1983

경험이다. 보통의 집에서 냉장고는 그런 역할을 한다. 사람들은 대
부분 뭔가를 먹기 위해 냉장고 문을 연다. 그러나 가족 내에서 요
리를 하는 사람인지, 누가 한 요리를 먹기만 하는 사람인지에 따
라 냉장고 문을 여는 이유가 다르다. 요리를 먹기만 하는 사람은
먹기 위해 냉장고 문을 연다. 하지만 요리하는 사람은 요리에 필
요한 재료를 보관하고, 그 재료를 꺼내 요리하기 위해 냉장고 문
을 연다.

　요리를 먹기만 하는 사람인 아들은 뭔가 마시기 위해 냉장고
문을 열었다. 그리고 발견한다. 요리를 하는 사람인 어머니가 냉장
고에 절인 고등어를 넣어 두었음을. 이 노래는 이런 가사로 시작
된다. "한밤중에 목이 말라 냉장고를 열어 보니, 한 귀퉁이에 고등
어가 소금에 절여져 있네." 이런 노래를 부르는 아들의 나이는 짐
작하기 힘들다. 하지만 냉장고 문을 열고 그곳에서 발견한 고등어

자반을 보고 "나는 내일 아침에는 고등어구이를 먹을 수 있네."라고 생각하는 아들은 왠지 어른스럽지 못하다.

아들은 냉장고의 고등어를 보고 내일 아침에 어머니가 요리하여 밥상에 올라올 고등어구이만을 생각한다. 아들의 눈에 어머니는 어디까지나 자기를 위해 요리를 해 주는 사람이다. "어머니는 고등어를 구워 주려 하셨나 보다. 소금에 절여 놓고 편안하게 주무시는구나." 아마 어머니는 고등어를 절이시는 동안 행복하셨을 거다. 사랑하는 아들을 위해, 그리고 가족을 위해 무엇인가 요리를 한다는 것은 행복한 일이니까.

하지만 많은 경우, 가족 내에서 이 행복은 일방향이다. 요리를 하는 사람은 정해져 있고, 나머지 사람들은 완성된 요리를 먹기만 한다. 나를 위해 요리를 해 준 사람에게 감사한 뜻을 전하고 맛있게 요리를 먹는 것도 좋다. 그보다 한 걸음 더 나아간다면, 사랑하는 사람을 위해 요리를 할 줄 아는 사람이 되면 더 좋다. 그런 사람은 더 어른스럽다.

꼭 거창한 요리가 아니어도 좋다. 누군가를 위해서 요리를 했다는 사실만으로도 대접을 받는 사람은 기쁠 수 있다. 어머니의 생일날, 어떤 비싼 선물보다 생일을 맞이한 어머니를 위해서 아들이 직접 요리한 음식을 대접한다면 어머니는 정말 기뻐하실 것이다. 사람은 언젠가는 가족 이외의 사람을 사랑하게 된다. 여러분이

소년이여, 요리하라!

누군가를 사랑하게 된다면, 그 사람을 위해 여러분이 할 수 있는 최고의 행위 또한 요리이다.

누구나 특별히 좋아하는 재료가 있다. 가족을 위해서 그리고 내가 사랑하는 사람을 위해서 볶음밥을 한다고 생각해 보자. 어떤 볶음밥을 만들면 좋을까? 그건 전적으로 상대방이 무엇을 좋아하는지에 달려 있다. 계란을 좋아하는 사람이라면 계란 볶음밥이 좋다. 고기를 좋아한다면 불고기 볶음밥을, 김치를 좋아한다면 김치 볶음밥이 제격이다. 사랑하는 사람을 위해 요리를 하는 동안, 우리는 그 사람을 더 많이 생각할 수 있다. 그리고 요리를 통해 그 사람이 무엇을 좋아하는지 골똘히 생각하도록 해 준다. 밥과 주재료뿐만 아니라 볶음밥을 요리하는 동안 눈에 보이지 않는 사랑이라는 양념도 들어간다. 그래서 사랑하는 사람을 위해 만든 볶음밥은 항상 맛있다.

소고기 미역국

+

한복선, 「미역국」

: 황인철 :

산부인과 의사로 일하고 있다. 엄마와 아이가 처음 마주하는 순간을 위해 일하는 것에 보람을 느끼고, 가족을 위해 요리하는 시간에서 행복을 찾는다. 취미로 시작한 요리 포스팅이 유명해지면서 '아기 받는 남자'의 특별한 레시피로 방송에 출연하거나 강의를 하고 글을 쓰기도 한다. 지은 책으로는 『아내가 샤워할 때 나는 요리한다』 등이 있다.

가장 따뜻한 남자의 요리

소고기 미역국

남자가 왜 자꾸 부엌에서 어슬렁거리는 거야?

호환 마마보다도 더 무서운 엄마의 잔소리가 나의 일상을 호령하던 시절. 공부 열심히 해라, TV 조금만 봐라와 같은 일상적 잔소리와 달리 생뚱맞은 잔소리가 있었으니, 그것은 바로 부엌에 들어오지 말라는 엄마의 잔소리, 아니 지엄한 명령이었다.

부엌은 내게 금단의 영역이었다. 라면 하나도 스스로 끓이시는 법이 없던 아버지와 삼시 중 한 끼라도 더운밥을 올리지 않으

165

면 큰일 나는 줄 아셨던 어머니에게, 아들이 부엌 문턱을 넘는 것은 있어서도 안 되고 있을 수도 없는 일이었기 때문이다.

아들, 그것도 큰딸이 태어난 지 10년 만에 생긴 귀한 삼대독자라는 이유로 나는 집안에서 늘 분에 넘치는 특별한 대접을 받았다. 밥을 하다 보면 으레 남기 마련인 게 찬밥인데, 그런 찬밥을 한 번도 먹어 보지 않았다고 하면 조금 설명이 되려나. 비록 별다른 찬이 없는 날일지언정 내 밥상 위에는 언제나 갓 지은 따끈따끈한 밥이 올라왔고, 어머니가 정성껏 지은 그 밥을 남김없이 해치우는 나를 보는 가족들의 얼굴에는 대견함과 사랑스러움으로 늘 웃음꽃이 피어오르곤 했다.

그러나 그런 어머니도 부엌이라는 비밀스러운(?) 공간과 그곳에서 벌어지는 냄새와 소리와 맛의 연금술에 빠져든 소년의 호기심을 말리지는 못했다. 처음에는 저러다 말겠지 하는 마음으로 못 본 체하던 어머니는 마치 풀 방구리에 쥐 드나들듯 호시탐탐 부엌 근처를 서성거리던 내게 급기야 호된 꾸중과 함께 부엌 출입 금지령을 내리셨다. 그럼에도 한번 피어오른 호기심은 좀처럼 가라앉지 않았고, 내가 먹은 음식 맛의 출처를 알고 싶다는 어린 미식가의 탐구 정신은 점점 더 치열해져만 갔다. 호기심이 식탐을 넘어선 것이다.

소년이여, 요리하라!

엄마, 이런 맛은 어떻게 내요?

"엄마가 만들어 준 된장찌개는 정말 최고야. 이런 맛은 어떻게 하면 낼 수 있어? 엄마 계란찜은 정말 부드러워, 얼마 전에 식당에서 먹은 것이랑 비교도 안 됨. 엄마, 꽃게탕 좀 끓여 주면 안돼? 나는 엄마표 꽃게탕이 최고거든!"

짜기만 한 된장과 아무 맛도 없는 물이 만나 어떻게 그런 오묘한 맛을 내는지 신기하기만 했던 나는 쉴 새 없이 질문을 던졌다. 어른들의 꾸지람에 딴에는 꾀를 부려 이렇게 저렇게 질문을 바꿔 가며 묻기도 하고 손발이 오그라드는 애교도 떨어 봤다. 하지만 어머니는 별것이 다 궁금하다는 듯 묵묵부답으로 일관했고, 그럴수록 음식에 대한 내 호기심은 점점 더 커져만 갔다.

목마른 사람이 우물 판다고 결국 스스로 답을 구하는 길밖에 없었다. 한창 만화영화를 좋아할 나이였지만 TV에서 요리 프로그램을 하면 채널을 바꿨다. 그리고 그 요리 프로그램을 보며 하나둘 호기심을 채워 나갔다. 어느 날은 어머니가 안 계신 틈을 타 몰래 가스 불을 켜 보기도 했다. 탓탓탓 소리를 내면서 가스불이 들어올 때의 그 철렁함과 쫄깃함이란……. 내친김에 라면을 끓여 보기로 했다. 내 손으로 끓인 생애 최초의 라면이었지만 맛이 어땠는지는 잘 기억나지 않는다. 그저 긴장감과 더위로 인해 옷이 땀으로 흠뻑 젖었던 기억과 함께 드디어 '해냈다'는 행복감과 성취감이 어렴풋이 남아 있을 뿐이다. 그리고 이런 성취감은 곧 무모한 도전으로 이어져 계란 프라이, 김치찌개 등 하나하나 요리를 정복해 나가기 시작했다.

물론 이 모든 일들은 나 혼자 있는 동안에만 은밀하게 이루어졌다. 그리고 그 요리의 대상은 다름 아닌 나 자신, 이 세상 모든 요리에 호기심을 지닌 나였다. 이 과정을 통해 깨달은 것은 요리의 시작은 요리에 대한 관심에 있으며, 그 관심의 실천을 통해 비로소 실력도 성장할 수 있다는 것이었다. 물 반 면 반인 싱거운 라면을 끓여 봐야 비로소 라면 물을 맞출 수 있고 계란 프라이를 태워 봐야 반숙과 완숙을 조절할 수 있으며, 생선 조림을 하다가 냄비 바닥에 눌러 붙어 소태가 된 생선 맛을 봐야 맛깔난 조림 양념을 완성시킬 수 있는 것이다. 모든 일이 그렇듯 처음부터 잘하는 타고난 요리 천재는 없다. 요리에 대한 지속적인 관심과 그 관심을 실천할 수 있는 자신감이 가장 맛있는 음식을 만들 수 있는 훌륭한 스승인 셈이다.

한국인의 소울 푸드, 흰 쌀밥에 고깃국

누구나 할 것 없이 어렵던 시절, 하얀 쌀밥에 고깃국은 한국인에게 부의 상징이었다. 오죽하면 이밥(쌀밥)에 고깃국 한 그릇이면 원이 없겠다는 말까지 생겨났을까. 비록 지금은 성인병의 주

소년이여, 요리하라!

범으로 공격당하며 그 지위가 한없이 추락했지만, 맛에 있어서만큼은 여전히 타의 추종을 불허하는 것이 바로 흰 쌀밥에 고깃국의 조합이다. 갓 지어 낸 고슬고슬한 밥에 진하게 우러난 고깃국 한 그릇이면 제아무리 추위에 얼었던 몸이라도 스르르 풀리게 마련이다. 나 또한 이 둘의 음식 궁합을 사랑했다. 지금이야 피자며 햄버거 등 아이들 입맛에 맞는 음식들이 지천에 널렸지만, 김치와 나물만 먹던 입맛에 흰 쌀밥과 구수하고 달큰한 고깃국의 조화는 그야말로 환상 궁합이었다.

어머니는 특이하게도 고기를 따로 모아 두었다가 양념을 한 다음 고명으로 올려서 내오시곤 했는데, 이때 살짝 양념된 고기 맛은 지금 생각해 봐도 참 정겹고 감칠맛 나는 맛이 아닐 수 없었다. 내가 부엌 근처에 가기만 하면 질색을 하시던 어머니도 이날만큼은 감칠맛 나게 무친 고기 한 점을 입에 쏙 넣어 주시곤 했다.

아쉽게도 이런 날이 자주 있었던 것은 아니다. 고작해야 일 년에 몇 차례, 명절을 앞둔 날이거나 생일날 끓이는 미역국이 다였다. 생일날 아침에 눈을 뜨면 경쾌하게 울려 퍼지는 엄마의 칼질 소리와 함께 내 코를 자극하는 구수한 고깃국 냄새가 집 안 가득 피어오르곤 했다. 이 냄새야말로 생일이라는 걸 실감하게 해 주는 반가운 선물이자 내 기억의 원형 속에 자리 잡은 어린 날의 행복이다.

검은 미역국의 악몽

맛의 비밀을 캐내기 위해 부엌 근처를 서성거리다 꾸중과 잔소리를 들었던 초등학교 시절, 혼자만의 독학으로 비장의 레시피를 펼쳐 보이던 중, 고등학교 시절을 거쳐 어느덧 대학생이 되었다. 남자가 부엌에 드나들면 사내구실 못 한다는 어머니의 우려에도 불구하고 나는 제법 늠름한(?) 청년으로 자라 있었고, 요리에 대한 관심 또한 여전히 뜨거웠다.

어느 날 문득, 남몰래 비전을 연마한 무술 고수처럼 그동안 몰래 갈고닦아 온 요리 솜씨를 한번 발휘해 봐야겠다는 생각이 들었다. 나는 D-day를 어머니의 생일날로 잡았다. 아들이 엄마를 위해 끓여 주는 미역국······. 생각만 해도 가슴이 뭉클해지고 훈훈한 풍경이 아닌가. 이런 생각을 해낸 내 자신이 대견해서 나도 모르게 웃음이 흘러나왔다. 게다가 내 곁에는 일명 '자취 요리의 달인'이라 불리는 과 동기까지 있지 않은가.

"미역국은 고기 누린내를 없애는 게 가장 중요해. 먹기 좋게 고기를 잘라 썬 후 참기름에 달달 볶고, 그 뒤에 반드시 국간장으로 간을 하고 미역을 넣어 주면 끝. 어때 간단하지?"

마치 요리 과정이 눈앞에 보이는 것처럼 선명한 레시피에 안도하며 나는 근거 없는 자신감으로 행복해 했다.

드디어 어머니의 생일날이 되었다. 혼자서 몰래 라면을 끓

소년이여, 요리하라!

여 먹던 어린 시절처럼 조심스럽게 미역국을 끓이기 시작했다. 먼저 고기를 썬 다음 참기름에 소고기를 볶았다. 처음 하는 것치고는 냄새가 제법 그럴싸했다. 고기가 얼추 볶아졌을 때 물을 붓고 잘 불린 미역을 국에 넣으니 어느덧 나의 상상 미역국이 조금씩 외형을 갖추어 갔다. 그런데 미역을 넣고 국간장으로 간을 한 순간, 갑자기 검게 변하는 미역국과 함께 불길한 예감이 들었다. 어랏? 내가 먹었던 미역국은 이런 색깔이 아니었는데…… . 뭔가 잘못됐다는 생각에 간을 본 순간, 고기의 구수한 맛과 참기름의 고소한 맛은 어디로 달아났는지 짜디짠 간장의 맛만 입안에 느껴졌다. 아…… 이게 아닌데…… . 응급처치 삼아 물을 좀 더 넣어 보았지만 검은 색의 기운만 조금 옅어졌을 뿐 맛은 점점 안드로메다로 향하고 있었다. 얼마 가지 않아 나는 미역국이 완전히 실패했음을 인정하지 않을 수 없었다.

쓰레기통에 버릴까? 아니야, 지금이라도 엄마를 깨워서 간 좀 봐 달라고 할까? 시장에서 미역국을 사 올까? 별의별 생각이 다 들었지만 차마 음식을 쓰레기통에 버리지는 못하고 부엌을 그대로 어질러 놓은 채 아침 일찍 학교로 도망치듯이 달려갔다. 하루 종일 패잔병처럼 마음이 무거웠다. 미역국의 악몽을 털어 버리려고 친구와 술을 마셔 보기도 했지만 그래도 불편한 마음은 가시질 않았다. 그런데 어쩔 수 없이 무거운 발걸음으로 집에 돌아온 나를 본 어머니의 한마디.

"아들아, 미역국 정말 잘 먹었다. 아마 이렇게 맛있는 미역국
은 처음인 것 같아. 다 좋았는데 다음부터 국은 소금으로 간을 해
라. 음식도 이뻐야 하거든."

소금으로 간을 해라. 음식도 이뻐야 한다. 술에 취해 무슨 말
인지 제대로 알아듣지도 못했지만 그냥 눈물이 났다.

음식은 정성으로 차리고 마음으로 먹는다

시어머니의 생신상을 차리자는 남편의 말에 반가워할 며느리
가 어디 있겠는가만 함께하겠다는 내 말에 아내는 흔쾌히 오케이
사인을 보낸다. 그러고 보니 벌써 20년 전의 일이다. 어머니에게
생신 선물로 미역국 한 그릇을 끓여 내오겠다고 하고선 정체불명
의 시커먼 간장국을 만들어 놓고 학교로 도망치듯이 내뺐던 흑역
사가 기록된 이후 어느새 강산이 두 번 변했다. 20년간 많은 변화
가 있었다. 철이 늦게 들기는 했지만 그래도 공부를 열심히 한 덕
분에 아들은 의과대학 교수가 되었고, 부엌에 대한 열정적인 관심
은 취미가 되어 어느덧 인터넷상에서 '요리하는 의사', '아기 받는
남자'라는 애칭으로 사람들에게 관심의 대상이 되기도 했다. 게다
가 20년 전의 그 미역국이 커다란 추억으로 남았는지 전공도 산부
인과를 택했다.

소년이여, 요리하라!

매일매일 산고의 고통을 지켜보는 것이 힘들기는 하지만 모든 고통이 끝난 후 사랑스러운 아이를 품에 안고 눈물을 글썽이는 산모들을 볼 때, 그리고 그때마다 늘 어김없이 옆에 놓여 있는 미역국을 볼 때면 20년 전의 그 미역국 사건과 함께 어머니의 얼굴이 오버랩되어 나 역시 눈시울이 붉어지곤 한다.

"많이 힘드셨죠? ○○씨의 어머니도 이렇게 힘들게 아이를 낳았답니다. 여기 옆에 놓인 미역국은 그런 어머니를 생각하며 드시라는 엄마의 국이에요. 한 그릇 맛있게 드시고 아이 얼굴 한 번 쳐다보면서 어머니를 생각하세요."

말이 필요 없는 눈물이 산모 얼굴에 주르륵 흘러내린다. 20년 가까이 산모들을 돌보며 숱한 출산을 경험했던 아들은 그 경험만큼이나 요리 솜씨도 많이 늘었다. 맛있다는 요리는 사람들의 입소문도 타기도 했고, 그런 입소문 덕에 방송 출연은 물론 자신의 이름을 딴 음식점을 차리기도 했다. 하지만 오늘 준비하는 어머니의 생일상은 왠지 손에 힘이 들어가고 자꾸 이마에 땀이 흐른다. 마치 힘든 수술을 앞둔 외과의처럼.

지금 부엌에서는 질 좋은 사태 한 덩어리가 그 옛날 부엌에서 맡았던 것 같은 구수한 냄새를 풍기면서 솥에서 부글부글 끓고 있다. 맛있는 음식을 만들기 위해 무슨 요란하고 대단한 비법이 필요한 것이 아니라, 지금까지의 삶의 경험과 정성이 녹아 있어야 한다

는 것을 깨달은 뒤부터 나의 삶에도 큰 변화가 찾아왔다. 십여 년
간 분만을 지휘한 소중한 경험들이 모여 분만과 수술을 결정하는
나의 판단부터 산모와 신생아, 두 생명을 책임지는 일에 이르기까
지 단단한 기초가 된 것처럼 취미로 시작한 음식에 대한 열정 또
한 하나하나의 경험이 모여 누군가의 행복을 준비하는, 그리고 누
군가의 건강을 책임지는 레시피로 바뀌게 되었다. 힘든 직업이지
만 길고 긴 기다림 끝에 찾아온 희망과 행복에 즐거워할 줄 아는
힘이 생겼으며, 허리를 툭툭 쳐 가며 몇 시간 동안 힘들게 만든 음
식을 사람들과 나누어 먹을 줄 아는 지혜를 기르게 되었다. 20년
전의 검은 미역국은 이렇게 나와 어머니 사이의 소중한 추억을 간

소년이여, 요리하라!

직한 채 구수한 냄새를 풍기며 새로운 미역국으로 바뀌어 갔다.

애비야, 잘 먹었다. 이렇게 맛있는 미역국은 처음인 것 같아

예상했던 반응이지만 어머니의 목소리로 이 말을 다시 들으니 가슴이 먹먹해져 온다. 20년 전의 간장 미역국이나 지금의 맛난 소고기 미역국이나 어머니의 대답은 한결같다. 아무리 시간이 흘러도, 아무리 실력이 좋아져도, 아무리 맛이 좋아도 엄마에게는 그냥 아들이 정성껏 끓인 미역국일 뿐 그 이상도 그 이하도 아니었던 것이다. 어른들 몰래 처음 라면을 끓이던 날처럼 머리에는 땀이 온통 한가득이다. 그리고 지금 막 끓은 미역국의 뜨거운 열기처럼 내 마음속에도 뜨거운 수증기의 열기가 주르륵 흘러내린다.

소고기 미역국

* 재료: 질 좋은 소고기 사태 600g, 말린 미역 두 줌, 국간장 2/3국자, 마늘 7개, 양파 1개, 대파, 소금, 후추, 참기름
* 도구: 도마, 칼, 커다란 보울, 냄비, 체망, 국자

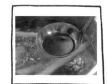

① 소고기 사태는 물에 깨끗이 씻고 마늘, 양파, 대파를 씻어서 다듬어 놓는다.

② 미역을 물에 한 번 씻은 뒤 보울에 담아 불린다.

③ 냄비에 준비해 놓은 소고기 사태, 마늘, 양파, 대파를 넣고 물을 넉넉하게 넣어 한소끔 끓인다.

④ 준비된 국간장을 넣은 후 불을 줄이고, 약불에서 약 1시간 30분 정도 뭉근하게 끓인다.

⑤ 불린 미역을 물에 깨끗이 씻어 남은 염분을 제거한 뒤 적당한 크기로 썰어 둔다.

⑥ 소고기를 건져 낸 후 나머지 채소를 체망에 걸러 깔끔한 소고기 육수를 준비한다.

⑦ 소고기 육수에 미역을 넣고 끓인 후 모자란 간은 소금으로 한다.

⑧ 소고기를 꺼내 잠깐 식힌 다음 손으로 먹기 좋게 찢어 국간장 1큰술과 참기름, 후추로 밑간을 한다.

⑨ 완성된 미역국을 국그릇에 먹기 좋게 담은 후 양념한 소고기를 고명으로 얹는다.

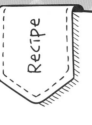
미역국 실패하지 않는 Tip

① 소고기는 사태로 준비하고 약불로 뭉근하게 오랫동안 끓여야 고기가
연해져 먹기 좋게 된다.

② 국간장은 미역국의 간을 하는 역할보다는 풍미를 끌어올리는 역할이기
때문에 국물의 색을 보면서 약간 갈색으로 변할 정도만 넣는 것이 좋다.

③ 미역은 어느 정도 바닷물의 염분으로 간이 되어 있기 때문에 깨끗이
씻어서 준비하고 육수의 간은 제일 마지막에 약간 싱거울 정도로 한다.

④ 소고기 고명에 참기름이 들어가기 때문에 따로 미역을 참기름에 볶지
않아도 된다.

감칠맛 나는 삶의 밑간

한복선, 「미역국」

서양에 수프라는 음식이 있다면 우리나라에는 국이 있다. 국은 무엇을 넣고 끓이느냐에 따라 무궁무진하게 변화하는데, 사계절이 뚜렷한 우리나라의 특성상 그 가짓수는 헤아릴 수 없이 무척이나 다양하다. 또한 같은 재료라 하더라도 각기 지방에 따라 재배되는 특산물에 따라 육수를 달리하면서 끓이게 되면 국의 변화는 더욱 팔색조처럼 변화하게 되어 매일 같은 국을 먹어도 입은 싫증을 느낄 겨를조차 없을 정도로 즐겁고 다양한 경험을 하게 된다.

대한민국 국민이 가장 사랑하는 미역국 역시 그중 하나이다. 지역에 따라, 또 계절에 따라 끓이는 종류만도 수십 가지가 넘으니 미역국이라는 주제 하나만 가지고 맛 기행을 시도해 보는 것도 전혀 심심하지 않고 무리가 없다는 말이 어쩌면 틀린 말이 아닐지 모른다.

미역국의 역사는 얼마나 되었을까? 삼면이 바다인 우리나라의 특성상 미역은 그리 귀한 식재료는 아니다. 바닷가에 위치한 지방에서는 생미역을, 내륙 지방에서는 미역을 말려서 음식을 먹을 수 있었으니 미역국의 역사는 곧 우리나라 식생활의 산 증거일지도 모른다. 1123년(고려 인종 원년)에 중국 송나라 사신 서긍이 기록한 『고려도경』에도 미역은 "귀천에 관계없이 즐겨 많이 먹고 있다."라고 쓰여 있고, 1310년 『고려사』에 따르면 미역을 원나라 황태후에게 바쳤다는 기록이 남아 있다. 또한 미역국에 대하여 "고려의 곤포를 쌀뜨물에 담가서 짠맛을 빼고 국을 끓인다. 이 미역국을 조밥, 멥쌀과 함께 먹으면 매우 좋다."라는 기록이 있으니, 지금이나 옛날이나 미역국을 즐겨 먹었던 것에는 변함이 없는 듯하다.

한복선, 『밥 하는 여자』, 2013

대한민국에서 미역국이 이토록 사랑 받는 이유는 그 맛과 함께 쉽게 구할 수 있는 식재료라는 점도 한몫하겠지만, 이보다 더 특별한 무언가가 있으니 그것은 바로 탄생과 관계된 음식이자 우리나라 사람만이 느끼는 정서적 맥락 때문이 아닐까?

소년이여, 요리하라!

1년 365일 중 가장 축하를 받는 날인 생일날, 그리고 지금까지는 전혀 경험하지 못했던 산통의 끔찍한 고통 이후 맛보는 따끈한 미역국은 한 숟가락 한 숟가락이 각기 다른 수많은 사연을 담고 있다.

궁중 음식의 대가인 황혜성 교수의 둘째 딸 한복선 요리 연구가의 「미역국」이라는 시에는 그런 한국인의 정서가 잘 녹아 있다.

보드라운 미역국
잘 익은 청장으로 감칠맛 낸
국 중에서 가장 끓이기 쉬운 미역국
사연 없이는 먹을 수 없는 미역국
오늘도 상에 오른다.

장곽의 미역 꺾여서는 안 되니
어깨에 말아 걸머지고 오신
순산을 기원하는 아버지의 미역국

큰아이 낳고 끓여 주는 이 없어
타국에서 손수 끓여
신랑 친구 대접하던 눈물의 산모

나의 미역국

생일날 끓여 주신 어머니의 미역국

나 몰랐네

수고하셨다 이 세상에 나 낳아주심

내가 끓여 드려야 했는데

하얀 옥반과 함께

– 한복선, 「미역국」(『밥 하는 여자』, 에르디아, 2013)

그렇다. 시에서 말하는 것처럼 미역국은 대한민국 사람들에게 가장 친숙한 국이자 사연 없이는 먹을 수 없는 국이다. 아무리 국을 싫어하는 사람이라도 미역국에 대한 사연 하나쯤은 모두들 마음속에 간직하고 있을 것이다. 오늘도 출산의 고통을 겪고 사랑스러운 아이를 품에 안은 산모가 미역국을 먹으면서 눈물을 훔친다. 이 평범한 미역국 한 그릇이 이리도 가슴을 뭉클하게 만드는 것은 난생처음 겪은 출산의 고통 속에서 뒤늦게 깨달은 가족의 사랑 때문이 아닐까.

　　미역국은 이처럼 누군가를 떠올리게 하는 음식이다. 자기 자신을 위한 음식이 아니라 누군가를 생각하며 만들고 누군가를 떠

소년이여, 요리하라!

올리며 먹는 음식이다. 어머니가 그랬던 것처럼 여러분도 그 누군 가를 위해 미역국 한번 끓여 보시지 않겠는가.

만들 줄 모른다고? 아니다. 관심이 없었던 것이다.

두렵다고? 아니다. 음식의 의미를 몰랐던 것이다.

창피하다고? 아니다. 식구(食口)의 의미를 몰랐던 것이다.

아내는 남편의 미역국을 대접 받을 충분한 자격이 있다. 엄마 는 아들의 미역국을 대접 받을 더 충분한 자격이 있다. 연습하자. 그리고 올해에는 꼭 따뜻한 국 한 그릇을 대접해 보자. 정성껏 끓 인 미역국의 온기는 평생 가족의 가슴속에 사랑의 온기로 남아 감 칠맛 나는 삶의 밑간이 되리라 확신한다.

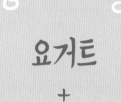

요거트

+

맷 그로닝, 〈심슨 가족〉

: 손이상 :

펑크 음악가다. 곧 망할 밴드인 '요단강'에서 가사를 쓰고 노래를 부른다. 88년
서울 올림픽을 관람했다. 94년 전국어린이미술평가전에서 수상했다. 99년 아
시아태평양 수학올림피아드에서 0점을 받았다. <슬로우뉴스>, <한국일보>,
펑크잡지 <SALM> 등에 글을 기고하고 있다.

요리의 기원을 찾아서

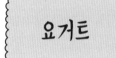

요거트

나는 좌우가 있어도 위아래는 없는 사람입니다. 그래서 모두에게 형님이라고 부르죠. 나이가 많건 적건, 지위가 높건 낮건, 남녀노소 모든 사람에게 형님이라고 부릅니다. 우리 할머니한테도 형님이라고 합니다. 그러니 독자 여러분에게도 형님이라고 부르겠습니다.

형님, 본디 요리(料理)란 '식재료(料)를 알맞게(理) 놓는다.'는 뜻입니다. 옛날 사람들은 요리에 아주 많은 시간을 썼습니다. 닭고기가 먹고 싶다면 우선 닭을 몇 년 동안 길러야 했습니다. 옛날 닭들은 품종이 구린 데다 잘 먹지도 못했으니까 요즘보다 훨씬 오랫동안 길러야 했죠. 닭이 다 크면 잘 자란 녀석의 목을 자르고 거꾸로 매달아 피를 **빼냈습니다.** 그 다음엔 닭털을 뽑아냅니다. 옛날엔 닭털 뽑는 기계가 없었으니까 하나하나 손으로 뽑았습니다. 이 과정이 다 요리였습니다. 그 닭을 익히려면 물과 불이 필요했습니다. 옛날 사람들은 우물이나 개울에서 매일매일 물을 길어 왔습니다. 거리가 멀고 무거워서 힘들기 짝이 없었습니다. 또 불을 지피기 위해서는 나무를 베어 와야 했지요. 그러고는 장작을 쪼개고 한참 동안이나 비벼야 불씨를 만들 수 있었습니다. 이 과정이 전부 요리였습니다.

인류 역사를 통틀어 인간은 삶의 모든 것을 요리에 쏟아부었다고 해도 틀린 말이 아닙니다. 수렵이나 목축, 농경이 실은 모두 요리의 과정이었습니다. 옛날에는 요리사라는 직업이 없었습니다. 사냥꾼이나 농부, 어부가 하는 일이 곧 요리였기 때문입니다. 넓게 보면 음식을 분배하는 제사장의 일도 요리였습니다. 예수 형님도 요리사였습니다. 성경에는 떡과 물고기를 구웠던 예수 형님의 이야기가 나옵니다. 부처 형님도 요리사였습니다. 경전에는 7년간의

소년이여, 요리하라!

고행 끝에 깨달음을 얻고 우유죽을 만들어 먹었던 부처 형님의 이야기가 나옵니다. 요리사라는 직업은 없었지만 모든 사람이 요리사였습니다.

식재료를 구하고, 물을 길어 오고, 불을 지피는 일을 혼자서 다 하려면 몹시 힘들었을 것입니다. 그래서 협업을 시작했습니다. 8살인 아들이 장작을 패는 동안 7살인 딸은 열심히 손을 비벼 불씨를 만들었습니다. 동시에 20살인 아버지는 물을 길어 왔습니다. (그 아버지는 10살 때 결혼해서 12살에 첫아이를 낳았을 겁니다.) 아버지와 동갑인 어머니는 닭털을 뽑았습니다. 이렇게 온 가족이 요리에 뛰어들면 35살 할머니와 함께 닭고기를 나누어 먹을 수 있었죠. 그 닭에 양념을 하거나 간을 맞추는 일은 부차적인 일이었습니다. 요즘으로 치면 수박을 백조 모양으로 조각하는 것처럼, 예쁘긴 하지만 음식의 섭취와는 상관없는 장식 같은 것이었습니다.

오늘날 우리는 그 '부차적인 것'을 요리라고 생각합니다. 정육점에서 닭고기를 사 오는 것은 요리에 포함시키지 않지요. 하지만 요리는 원래 부엌의 일이 아니었습니다. 우리가 상상하는 요리, 예를 들면 요리사가 멋지게 칼질을 하고 각종 향신료와 소스를 배합해 입맛을 사로잡는 요리는 오로지 근대의 산물입니다. 형님도 아시는 것처럼, 유럽에서는 대략 19세기 중반쯤 봉건제도가 무너져 내렸지요. 대혁명의 소용돌이 속에서도 근근이 버티던 왕조가 무너지고 여러 귀족 가문들도 함께 사라졌습니다. 그러자 귀족의 성에서 일하던 사람들이 도시에 요릿집을 열었습니다. 그들은 귀족의 연회 대신 신흥 부르주아를 위한 만찬을 만들었습니다. 이것이 우리가 아는 요리의 시초입니다.

시대가 변한 것은 단순히 귀족계급이 밀려났기 때문만은 아니었습니다. 물과 불이 해결되었기 때문입니다. 유럽의 몇몇 대도시에 한해서였지만 수도꼭지 손잡이를 돌리는 것만으로 간단히 물을 얻을 수 있게 되었습니다. 유럽인들은 그 전에 이미 상수도 시설을 건설했으나 물을 여과하는 방법은 몰랐습니다. 십자군 전쟁 때 이슬람 세계에서 힐금 보고 배워 온 거였으니까요. 그래서 많은 사람들이 전염병에 시달리다 황천길을 건너야 했죠. 하지만 1870년대가 되자 도시마다 정화조가 설치되면서 마실 수 있는 물이 가정으로 들어오게 되었습니다. 또한 같은 시기에 쉽게 불을 지필 수 있는 최첨단 발명품이 상점에 놓였습니다. 바로 성냥입니다. 전쟁에 쓰이는 화약과 총포 기술을 연구하다가 만든 것이었습니다. 값은 비쌌지만 이제 불씨를 보존하기 위해 며느리가 밤잠을 설칠 일은 없게 되었습니다. 세상이 혁명적으로 바뀐 것입니다.

또 그 시기에는 도로가 확장되고 교역이 활발해지면서 다양한 식재료를 구할 수 있게 되었습니다. 아직까지는 신선한 채소를

소년이여, 요리하라!

도시까지 공급할 수 없었기 때문에 말려서 잘게 부순 채소가 널리 유통되었습니다. 그 덕분에 우리가 아는 서양 요리의 대부분이 탄생했습니다. 예를 들면 "와인에 재운 소고기 반 근에 후추와 육두구를 뿌린 후 밀가루에 묻혀 버터에 볶은 다음, 토마토와 바질을 졸인 수프에 양송이버섯과 당근, 샐러리, 월계수 잎 따위와 함께 넣어 40분간 더 끓이면 소고기 스튜가 된다."와 같은 것 말이죠. 과거에는 없던 요리법입니다. 이 요리에 들어가는 바질, 버섯, 당근, 샐러리, 월계수 잎은 오늘날 라면 스프에 들어있는 것처럼 말린 채소였습니다.

당시 유럽 대도시의 생활은 오늘날과 비슷했습니다. 요리의 99%가 이미 끝나 있었다는 말이지요. 소를 도축해서 피를 빼내고 가죽을 벗기는 일, 소의 젖을 짜서 가열하여 버터를 만드는 일, 물을 길어 오고 불을 지피는 일 등 요리에서 가장 중요하고 힘든 노동은 이미 다 되어 있었습니다. 복잡한 과정을 거치지 않고도 그저 익혀서 먹기만 하면 되었죠. 또는 고기가 신선하다면 날것으로 먹어도 되었습니다. 그런데 사람들은 왜 복잡한 부엌 노동을 시작한 걸까요? 왜 재료를 이것저것 섞기 시작한 걸까요? 설거지를 포함해 몇 시간씩 걸리기도 하는 요리를 대체 왜 하게 된 걸까요?

음악도 요리와 비슷한 역사를 지녔습니다. 원래 음악이란 전쟁 때 뿔피리를 불거나 북을 치는 것, 연극 무대나 제사 혹은 예배에 덤으로 얹혀져 있던 것, 또는 "아키텐 공 납시오." 하면 뒤에서 "빠바바밤~!" 하는 정도의 역할만을 담당했었습니다. 모두 각각의 목적이 있었던 거죠. 중세까지만 해도 음악 감상이 취미라고 말하면 이상한 사람 취급을 받았을 겁니다. 하지만 시대가 변하자 사람들은 연극이나 제사, 예배에서 음악만을 따로 떼어 놓고 듣기 시작했습니다. 음악은 기사의 시종이나 전투에 나가는 군인이 아닌 전문 예술가가 하는 일이 되었지요. 그러면서 까다로운 계산이 필요한 복잡한 것이 되었습니다. 이것도 요리의 변화와 정확히 같은 시대의 일입니다.

근대 시기의 사람들은 음악에 새로운 의미와 사명을 부여했습니다. 음악이란 무에서 유를 창조하는 것, 시대의 정신을 반영하는 것, 사람의 감정을 움직이는 무엇이 되었습니다. 마침내 음악은 고급 예술이 되었습니다. 그런데 음악가로서 말하자면, 그것은 다 환상에 불과합니다. 근대의 음악 개념은 그 이전과 비교하면 훨씬 이성적이지만, 지금에 와서 보면 또 다른 미신이었다고 할 수 있습니다. 이건 형님이랑 나만 알아야 하는 비밀인데, 음악은 무에서 유를 창조하는 심오한 작업이 아니라 정해진 룰에 따라 숙련된 기술로 슥슥슥 만드는 겁니다.

소년이여, 요리하라!

마찬가지로 요리에도 어떤 환상이 심어져 있는 것은 아닐까요? 본격적인 요리의 시대가 막을 올리기 전, 프랑스 파리에는 1760년대에 이미 최초의 음식점이 있었습니다. 거기에선 젊어지는 음료, 정력에 좋은 수프, 악마를 쫓는 파이 등 뭔가 수상한 것들을 팔았습니다. 음식점이지만 약국과 마법 상점이 짬뽕된 곳이었던 겁니다. 그리고 근대 요리는 여전히 음식, 약, 마법이 어느 정도 뒤섞여 있습니다. 요리법을 '레시피'라고 합니다만, 이 단어는 원래 약국의 처방전을 뜻합니다. 정확히는 박쥐의 눈알, 개암나무 뿌리, 개구리 뒷다리 등을 조합해 만드는 마법 약 조제법이라는 뉘앙스에 가까웠지요.

레시피라는 단어가 요리법을 의미하게 되었을 때 원래 뜻이 지닌 어감도 함께 따라왔습니다. 요리법 자체가 특별한 비법처럼 된 것입니다. 게다가 건강에 좋다는 환상까지 만들었지요. 그래서 복잡하고 긴 시간이 걸리는 요리를 하고 있는 것입니다. 그것은 정성이 담긴 손맛이라는 이름의 마법입니다. 거기엔 가끔 이상한 미신이 숨겨져 있습니다. 김치를 먹으면 조류독감에 걸리지 않는다든지 하는 식으로요. 김치는 원래 배추를 오래 보관하기 위해 소금에 절인 것입니다. 옛날에는 수확 철을 제외하면 채소를 구할 수 없었으니까 그렇게 해야 했죠. 하지만 지금은 비닐하우스 덕분에 사시사철 채소를 생산할 수 있고, 냉장 유통 덕분에 언제든 신선한 채소를 구할 수 있습니다. 식재료를 소금에 절일 필요가 없어진 것이지요.

우리는 김치가 맛있어서 먹고 있습니다만, 과학 면에서 보자면 김치를 가지고 부엌에서 만드는 요리법은 완전히 불필요한 노동입니다. 예를 들면 김치찌개나 김치볶음 같은 것 말이지요. 그렇게 가열하면 그나마 있던 김치의 유산균이 다 죽어 버리기 때문입니다. 유산균은 죽고 아질산염은 남습니다. 발암물질을 생성하는 아질산염은 김치를 소금에 절이는 과정에서 만들어집니다. 적당히 먹는 것은 상관없지만 많이 먹으면 해롭습니다. 김치가 맛있다는 것을 빼면 그런 요리를 해야 할 이유는 없습니다.

형님, 다시 한 번 강조하자면, 우리는 이미 요리의 99%가 끝난 시대에 살고 있습니다. 가장 좋은 요리법은 식재료를 가져와서 그냥 먹는 것입니다. 배추를 먹는 가장 좋은 방법은 소금에 절여서 김치를 만든 후 찌개를 끓여 먹는 것이 아니라 그냥 잘 씻어 먹는 것입니다. 또는 끓는 물에 2초 정도 데쳐서 먹어도 됩니다. 하지만 배추만 먹고 살 수는 없겠죠. 배추는 매우 좋은 채소지만 우리 몸에 필요한 영양이 골고루 갖춰져 있지는 않습니다. 그렇다면 무엇을 먹어야 할까요? 레시피를 탐구하는 요리가 아니라 99%에 해당하는 원래의 요리를 해 봅시다. 그것은 좋은 식재료를 찾아서

소년이여, 요리하라!

고르는 일입니다. 정답은 없습니다. 그때그때 상황과 여건에 따라 고를 수 있는 것 중에서 가장 좋은 것을 고르면 됩니다. 가장 비싼 것, 가장 맛있는 것을 고르는 것이 아닙니다. 가장 좋은 것을 고르는 겁니다. 바로 그게 요리입니다.

내가 먹는 요리를 말하자면-나는 유제품과 견과류, 말린 과일을 먹습니다. 유제품은 우유나 치즈를 먹기도 하지만 주로 요구르트로 먹습니다. 아주 좋은 단백질 공급원입니다. 그것을 가공해 다른 요리로 만들지는 않습니다. 견과류는 종류를 가리지 않고 다 먹습니다. 호두, 아몬드, 피칸, 땅콩, 잣, 캐슈넛, 아마씨, 참깨 등을 먹습니다. 아주 좋은 지방 공급원입니다. 마찬가지로 견과류를 으깨어 밀가루 반죽과 함께 굽는다거나 하는 불필요한 노동은 하지 않습니다. 말린 과일은 종류를 가려 먹습니다. 포도, 사과, 무화과, 프룬(서양 자두), 대추 말린 것을 먹습니다. 아주 좋은 탄수화물 공급원입니다. 블루베리나 망고 등은 당 절임이기 때문에 쉽게 질려서 피합니다.

이 '요리'의 공통점은 가장 좋은 영양을 얻을 수 있다는 것, 그냥 놔두어도 쉬이 상하거나 부패하지 않는다는 것, 가지고 다니기 편하다는 것, 그리고 적당량을 꺼내기만 하면 되기 때문에 5초 만에 식사 준비를 끝낼 수 있다는 것입니다. 유제품과 견과류, 말린 과일의 콤보는 오랜 역사 동안 중앙아시아와 흑해 지역 유목민들의 주식이었습니다. 현대적 의료 기술이 발달하기 전까지 이 지역의 유목민들은 서유럽이나 동아시아인보다 평균 수명이 압도적으로 길었습니다. 이걸로 특별히 손이 많이 가는 다른 요리를 할 필요는 없습니다. 그저 요리의 99%를 완성해 준 농부 형님들에게 감사하면서 먹으면 됩니다.

소년이여, 요리하라!

요거트

* 재료: 1.8리터나 2.3리터짜리 우유, 요구르트 1~2병,
  견과류, 말린 과일
* 도구: 필요 없음

① 우유통에서 우유를 반 잔이나 한 잔 정도 따라 마신 후 요구르트를 붓는다.
요구르트는 반드시 농후발효유여야 한다. 떠먹는 요구르트도 좋지만 우유병에
붓기 어려우므로 마시는 요구르트를 택한다.

② 잘 흔들어서 나둔다. 푹푹 찌는 여름철에는 그냥 상온에
두기만 해도 우유가 발효되어 요구르트가 된다. 다른 계절에는
담요에 감싸서 냉장고 뒤나 보일러 근처에 둔다. 또는 어쨌든
온기가 있는 곳에 두면 된다. 전기방석을 이용하거나 요구르트
발효기를 사용해도 된다.

③ 우유의 온도가 체온보다 약간 낮을 때 발효가 잘 된다. 손으로 만져
봐서 대충 미지근하면 성공이다. 그보다 온도가 더 올라가면 유산균이
죽고 온도가 너무 낮으면 유산균이 활동하지 않는다. 빨리 발효시키고
싶다면 처음에 요구르트를 2병 붓는다.

④ 완성된 요구르트를 견과류, 말린 과일 등과 함께 먹는다. 견과류와
말린 과일은 식사 때마다 대충 한 줌씩 집으면 된다.

⑤ 요구르트에 말아 먹어도 좋다. 시리얼이나 뮤슬리를 같이 넣어 먹을 수
있다.

먹으면서 이거 보면 꿀잼일걸?

심슨 가족의 추수감사절

맷 그로닝, <심슨 가족>

〈심슨 가족〉 시즌2의 일곱 번째 에피소드는 추수감사절에 일어난 해프닝을 다룹니다. 미국인에게 추수감사절은 한국의 추석과 견줄 만큼 특별한 날입니다. 칠면조와 옥수수, 으깬 감자 등 명절 음식을 차려 먹습니다. 초기 개척 시대부터 내려오는 전통이지요. 거기에 더해 이민자 가정은 각기 다른 문화권의 전통 음식도 차려 먹습니다. 그래서 추수감사절은 미국에서 1년 중 음식 소비량이 가장 많은 날입니다.

냉소적이지만 비판적인 유머로 무장한 후기 시즌과 달리, 초창기의 〈심슨 가족〉은 평범한 가족 시트콤과 다를 바 없었습니다. 권선징악적이며, 기독교적 색채가 짙고, 제도와 규범이 내면화되어 있고, 무엇보다 가부장적입니다. 이 에피소드의 가부장제는 아빠인 호머 심슨이 소파에 앉아 TV를 보는 동안 그의 아내인 마지 혼자 부엌에서 요리를 하는 모습으로 표현됩니다. 여성이 부엌일을 도맡아 하는 것은 시즌2가 방영되었던 1991년만 해도 평범한 가정의 모습이었지요. 아빠는 앞마당에서 바비큐를 구울 때에나 요리를 했습니다.(호머는 시즌2의 세 번째 에피소드에서 바비큐를 굽다가 외계인의 UFO에 타게 됩니다.)

　　마지는 명절 음식을 준비하기 위해 하루 종일 부엌일을 합니다. 아들인 바트가 엄마를 거들지만 도움이 되기는커녕 부엌을 어지럽히고 일을 망치기만 합니다. 바트의 여동생인 리사는 센터피스를 만듭니다. 센터피스란 중요한 날 식탁 한가운데에 놓는 장식물을 뜻합니다. 옛날에는 은촛대 등 종교적 상징물이 놓였지만 오늘날에는 종교를 밀어낸 국가의 상징물을 놓습니다. 리사가 만든 센터피스는 조지아 오키프, 마저리 더글라스, 수잔 안토니의 인형입니다. 조지아 오키프는 미국 역사상 가장 유명한 여성 화가이고, 나머지 두 명은 20세기 초반에 활동했던 미국의 여성주의 운동가들입니다. 의미심장하지요? 리사는 〈심슨 가족〉의 초창기부터 진보적인 지식인 캐릭터였습니다. 그런데 바트의 실수로 센터피스가 벽난로로 날아가 불쏘시개가 되어 버렸네요.

　　엄마와 아빠가 번갈아 가며 야단을 치자 바트는 뿔이 단단히

소년이여, 요리하라!

나서 가족들이 추수감사절 기
도를 하는 동안 가출을 합니
다. 그리고 뒷골목을 방황하다
가 배가 고파 헌혈을 합니다.
돈과 먹을거리를 받아서 나왔
지만 너무 어지러운 나머지 길

맷 그로닝, 〈심슨 가족〉, 1989~

에서 기절하고 맙니다. 지나가던 사람이 바트를 보고 거지라고 생
각한 모양입니다. 그를 들쳐 업고 가난한 사람들을 위한 복지원에
데려다 놓습니다. 마침 방송국에서 추수감사절 무료 급식을 취재
하러 왔군요. 정신이 든 바트는 헌혈해서 받은 돈과 음식을 복지
원에 줍니다. 심슨 가족은 그 장면을 TV를 통해 생중계로 보게 되
지요. 우여곡절 끝에 바트를 찾은 가족들은 식탁에 둘러앉아 다시
기도를 합니다. 그리고 뒤늦은 저녁 식사를 나눕니다. 마지가 하루
종일 만든 칠면조 요리와 진수성찬은 손님들이 다 먹고 갔기 때문
에 샌드위치로 간단히 때웁니다. 그러면서 행복하게 웃습니다.

　　세계 어느 나라에서나 명절 음식은 풍성하게 차립니다. 명절
이라 요리를 많이 하는 것이 아닙니다. 사람이 많이 모였기 때문
에 요리를 많이 할 수 있었던 것입니다. 옛날에는 친척들이 한집
에 모여 함께 수확하고 키질하고 반죽했습니다. 큰 망치로 떡방아
를 찧는 일은 힘 센 장정들도 번갈아 가며 해야 겨우 할 수 있는

일이었지요. 세상이 달라지면서 우리는 그런 요리의 과정을 거치지 않게 되었습니다. 협업이었던 요리가 부엌에서 엄마 혼자 하는 일이 되어 버렸습니다. 명절 요리를 전담하는 엄마에겐 고역이지요. 미국인의 추수감사절 식탁에 칠면조가 올라오는 것은 개척 원년부터 칠면조를 사냥해 먹었던 전통에서 비롯된 것입니다. 신대륙에는 닭이 없었기 때문에 남자들이 칠면조를 잡아야 했죠. 칠면조 고기를 시장에서 쉽게 살 수 있는 시대가 되자 아빠는 TV를 보고 엄마 혼자 요리를 합니다. 해도 해도 너무 이상한 일입니다.

이 이상한 일은 결코 전통이나 관습 때문이 아닙니다. 부엌일을 여성이 전담하는 것은 극히 최근에 갑자기 생긴 새로운 현상입니다. 이런 일이 아무렇지 않게 받아들여졌던 것은 90년대 초반까지만 해도 여성의 사회 진출이 많지 않았기 때문입니다. 엄마는 집에 있기 때문에 요리와 설거지를 맡게 되었죠. 하지만 이제 시대는 바뀌었고 여성도 밖에서 일을 합니다. 부엌일을 포함한 살림살이는 가정 내 갈등의 주요 원인이 되고 있습니다. 그렇다면 남자가 요리를 함으로써 문제를 해결할 수 있을까요?

7, 80년대부터 심슨 가족의 모습과는 달랐던 사람들이 있습니다. 몇몇 기독교 가정의 남자들은 종교적 이유로 부엌일을 했습니다. 예수도 직접 요리해서 제자들을 먹였기 때문입니다. 그런데 그것은 여자가 목사나 신부가 되는 것을 막는 것과 마찬가지로 종

소년이여, 요리하라!

교적인 보수주의에서 비롯된 것이었습니다. 어떤 의미에서는 더 많이 억압적입니다. 심슨 가족이 아빠는 바깥일을, 엄마는 집안일을 하는 것으로 역할을 분담하는 모델이라면, 보수주의 모델은 남성이 모든 일을 맡음으로써 여성의 일할 권리를 박탈합니다. 따라서 단순히 남자가 부엌일을 돕는 것만으로 굳어진 성 역할을 바꿀 수는 없습니다.

더 중요한 것은 요리가 원래 무엇이었는지를 다시 생각해 보는 것입니다. 멀쩡한 식재료에 소금과 설탕, 합성 조미료를 들이부어 점점 더 나쁘게 만드는 것은 원래의 요리가 아닙니다. 고기는 고기인 채로, 채소는 채소인 채로, 두부는 두부인 채로 먹으면 됩니다. 식재료를 다시 가공하는 것은 반드시 필요한 일이 아닙니다. 기억하세요.-요리는 이미 99%가 끝난 상태입니다. 나머지 1%는 그걸 먹는 것뿐입니다. 심슨 가족은 하루 종일 만든 추수감사절 요리가 아닌 몇 초 만에 만든 샌드위치에 행복하게 웃었습니다.

소년
요리
레시피
11

계란밥

+

기타노 다케시, 〈키즈 리턴〉

: 김보통 :

만화가. 쓰고 그린 만화로 『아만자』(2013), 『디피』(2015), <내 멋대로 고민상
담>(2015) 등이 있다.

가혹한 미래를 위한 최고의 맛

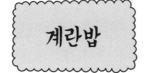

계란밥

　미리 말씀드리지만 사는 것은 팍팍합니다. 살아 보니 그렇습니다. 이 책을 읽고 계실 분들에겐 죄송스러운 얘기지만 아마도 당신의 삶 역시 팍팍할 것입니다. 상상한 것보다 훨씬 더 팍팍할 것입니다. 장담합니다.

　제가 처음으로, '앞으로의 나의 삶은 팍팍할 것이다.'라는 슬픈 예감을 한 것은 고등학교에 입학하던 날이었습니다. 중학교 시절, 공부를 별로 잘하지 못한 관계로 인문계 고등학교를 가야 하나, 실업계 고등학교를 가야 하나 고민이 많았습니다. 중3 담임 선생님은 부모님과의 진로 상담 때 제 아버지에게 '이 아이는 인문계 고등학교를 갈 수 없으며, 간다고 해도 서울에 있는 4년제 대학엔 갈 수 없다.'라는 예언을 했습니다. 하지만 아버지는 그래도 인문계 고등학교는 졸업해야 한다는 의지를 꺾지 않으셨고, 운 좋게도 저는 인문계 고등학교에 입학하게 되었습니다. 그런 상황이었기에 제게 고등학교라는 것은 '그다지 달갑지 않은 곳'이었습니다. 어차피 대학에 가지 못할 거라는 저주를 받은 상황에서, '가지도 못할 대학에 가기 위한 (헛된) 공부를 해야만 하는' 인문계 고등학교란 참으로 끔찍한 곳이었으니까요.

다시 처음으로 돌아가, 그런 고등학교에 입학하던 날 저는 와서는 안 될 곳에 와 있는 심정이었습니다. 맞지 않는 교복만큼이나 모든 것이 어색하기만 했지요. 처음 들어와 본 교실에, 처음 앉아 본 의자에, 처음 보는 아이들에 둘러싸여 처음 보는 선생님을 바라보면서, '1999년에 종말이 꼭 와야 할 텐데.' 하는 따위의 실없는 생각을 딴에는 간절하게 했던 듯합니다.(당시에는 1999년이 되면 지구가 멸망할거라는 예언이 떠돌았습니다. 물론 그런 일이 실제로 일어나지는 않았지만……)

담임은 숏커트를 한 삼십 대 후반이나 사십 대 초반의 여자

소년이여, 요리하라!

선생님이었고, 붉은 빛이 선명한 립스틱을 칠한 채 쌍꺼풀이 짙은 눈을 반짝이고 있었습니다. 딱히 선생님에게 관심이 있어 집중을 한 것은 아니었습니다. 아직은 옆자리에 앉은 친구의 이름도 모르기 때문에, 시선 둘 곳이 마땅치 않아 선생님을 바라보고 있었을 뿐이었습니다. 다른 아이들도 모두 마찬가지였습니다. 교실 안은 조용했습니다. 너무 조용해 누가 무슨 말이라도 하면 좋겠다고 생각할 즈음 담임 선생님께서 입을 열었습니다.

"미안한 얘기지만 너희들은 이제 현실을 인지해야 해."라고, 또 "고등학교에 들어와 새로운 친구들을 만나게 되서 들뜨고 설레는 마음은 알 수 있어. 하지만 그전에 명심해야 할 것이 있어. 오늘부터 시작될 하루하루는 앞으로의 너희들 미래에 실제적인 모습으로 반영이 될 거야. 중학교 때까지 공부를 잘했는지 못했는지, 말썽을 피웠는지 범생이었는지, 그런 건 그다지 중요하지 않아. 막말로 아무것도 아니야. 하지만 오늘부터는 달라. 너희들이 앞으로 고등학교 생활을 어떻게 보내는지에 따라 너희들이 들어갈 수 있는 대학이 결정이 나고, 그렇게 결정이 난 대학이 또 어떤 직업을 얻는가로 연결될 거야. 좋은 직업을 얻고, 많은 돈을 벌고, 그래서 행복하게 살고 싶으면 오늘부터는 정신 차려야 해."라고 말했던 듯합니다.

선생님은 어울리지 않게 반짝이는 눈으로 우리들을 둘러보며 말씀하셨습니다. 그다지 새로운 이야기는 아니었기 때문에 놀랍지는 않았습니다. '열심히 공부해라. 그래야 좋은 대학에 가고 좋은 직업을 얻는다.'는 이야기는 굳이 누가 말하지 않더라도 알고 있었습니다. 그런 사회니까요. 선생님 역시 우리들의 그런 분위기를 알고 있는 것 같았습니다. '그런 뻔한 얘기로는' 별로 감흥이 없다는 듯 심드렁한 아이들의 표정을 보셨을 테니까요. 선생님은 웃으며 다시 입을 여셨습니다.

"무서운 게 뭔지 아니?"

그때서야 조금 흥미가 생겼습니다. '무서운 거라니. 이미 수없이 많은 사람들에게 수없이 많이, 무서운 나의 (황폐한) 미래에 대해 이야기를 들어 왔는데 더 무서운 게 뭐가 있다는 건가.' 하는 생각에서였습니다.

"부는 세습이 된다는 거야. 선생님은 공립학교 교사기 때문에 여기저기를 돌면서 아이들을 가르치잖아. 그래서 잘사는 동네 아이들, 못사는 동네 아이들을 모두 봐. 그러면서 알게 된 게 있는데, 잘사는 동네 아이들은 공부도 잘해. 그래서 좋은 대학에 들어가고, 판사도 되고 의사도 돼. 그런데 못사는 동네 아이들은 그 반대더라. 아무리 발버둥을 치고 노력을 해도 부모님의 경제 수준을 벗어나질 못해. 이게 무슨 얘기냐면, 너희들은 미래에 지금 너희 부

소년이여, 요리하라!

모님의 삶과 별다를 바 없는 삶을 살 가능성이 매우 높다는 거야."

선생님은 계속 웃고 있었지만 교실은 싸늘하게 얼어붙었습니다. 당시 제가 살고 있던 동네는 서울에서도 변두리 중의 변두리로, 달동네나 빈민촌으로 불리우던 곳이었습니다. 연말이면 '불우 이웃을 도웁시다.'라는 식의 분위기를 풍기는 TV 프로그램에 자주 등장하는 곳이었지요. 부모님은 리어카에 과일을 담아 파는 노점상에서 시작해 빚을 끌어모아 겨우 얻은 작은 가게를 하고 있었고, 나는 그때까지 용돈이라는 것을 받아 본 적이 한 번도 없었습니다. 입는 옷의 대부분은 집 앞 공장에서 창고 정리할 때 한 벌당 천 원, 이천 원에 사 오는 것들뿐이었지요. 가난을 자랑하려는 것이 아닙니다. 그 반대입니다. 저는 친구들 중에 그래도 잘사는 축에 속했습니다. 부모님이 두 분 다 계시고, 끼니를 굶지 않아도 됐으며, 장사라도 하고 있었으니까요. 주위엔 저만도 못한 친구들이 수두룩했습니다. 부모님 중 한 분이 안 계시거나 두 분 다 안 계시는, 대낮에도 빛이 들어오지 않아 퀴퀴한 냄새가 나는 작은 방에 네 가족이 모여 사는, 부모님이 밤낮으로 일하느라 어두컴컴한 집에서 혼자 지내야만 하는 친구들이 많았습니다. 그런 동네였습니다. 그랬기 때문에 저는 무서웠습니다.

선생님이 웃으며 "너희들은 미래에 지금 너희 부모님의 삶과 별다를 바 없는 삶을 살"거라고 말씀하시는 것이 너무나 무서웠습니다. 상상할 수 있는 가장 끔찍하며, 동시에 구체적인 공포였습니다. 막연하게나마 저는 '엄마 아빠보다는 잘살겠지.'라고 생각을 했던 것이겠지요. 그 어떤 근거도 없으면서 의심한 적이 한 번도 없었습니다. 아마도 교실에 앉아 있던 모두가 저와 같은 마음이었을 겁니다. 저마다 부모님의 모습을 떠올리며 공포를 느끼고 있었을 것입니다. 그럴 만도 했습니다. 지금까지 그 어느 누구도 이런 애길 한 적이 없었을 테니까요.

선생님은 공포에 질린 저희들에게 웃으며 "그러니까 공부해."라고 말하셨습니다. "잘사는 동네 애들은 지금도 과외다 학원이다 엄청 하니까, 너희들도 공부해." 집으로 돌아온 저는 나름 굳은 결심을 했습니다. '공부를 하자. 공부를 해서 부모님처럼 가난하게 살지는 말자.'라고요. 그리고 나서 치른 첫 모의고사. 저는 반에서 꼴등을 겨우 면했습니다. 하자고 해서 바로 되는 건 아니더군요.

어찌 됐든 시간은 흘러갔습니다. 헐렁한 교복을 입고 썰렁한 교실에 앉아 담임 선생님의 악담에 가까운 훈화를 들은 지 벌써 20년이 되어 갑니다. 다행히도 부모님이 살았던 것처럼 궁핍한 삶을 살고 있지는 않습니다. 공부를 열심히 했기 때문은 아닙니다. 사실 저는 지금 공부와 전혀 상관없는 직업을 갖고 살아가고 있습

소년이여, 요리하라!

니다. 그렇다고 선생님이 '터무니없는 협박을 했다.'고 생각하지는 않습니다. 선생님의 입장에서 학생들을 앞에 두고 해 줄 수 있는 가장 보편적이며 확실한(그리고 본인이 알고 있는) 해법은 공부를 하라는 것밖에 없을 테니까요. 중요한 건, 그것과는 좀 별개의 것이라고 생각합니다. 그다지 공부를 열심히 하지 않았음에도 상상보다는 나은 미래를 맞이할 수 있었던 것은, '앞으로의 삶이 근거 없이 저절로 나아지지 않을 것이다.' 내지는 '높은 확률로 빈곤한 미래를 맞이하게 될 것이다.'라는 말을 '어른'에게, 그렇게 구체적으로 들은 순간 느꼈던 '삶의 팍팍함' 때문이었습니다. '어른이, 선생님이, 이렇게 우리를 협박할 정도로 삶은 잔인한 것이구나.'라는 것을 깨달았던 그 순간이 없었더라면, 아마도 저는 지금과는 사뭇 다른 삶을 살고 있을 거라고 생각합니다. 알 수 없는 일이긴 하지만.

그렇다고 제가 염세적이거나 회의적인 사람은 아닙니다. 오히려 밝고(?) 다정한 사람입니다. 그저 여러분에게 근거 없는 희망을 주고 싶지 않을 뿐입니다. 삶은 팍팍합니다. 냉정합니다. 잔혹합니다. 아직 '어른'이 아닌 여러분이 상상하는 것을 까마득히 초월할 정도로 인정사정없습니다. 그러면 어떻게 해야 할까요? 모릅니다. 안다고 하면 그것은 거짓말입니다. 저마다의 삶은 저마다 다른 상황에 놓여 있는 전혀 별개의 것이기 때문에 '어떻게 하면 된

다.'라는 만능 해결책은 없습니다. 그나마 '공부'라는 것이 확률이 좀 높은 방법이긴 하지만, 여러분들에 앞서 갓 어른이 된 지금 이십 대들의 모습을 보면 공부마저도 또렷한 방안이 되지는 못하고 있는 것 같습니다.

　제가 이렇게나 길게 이런 이야기를 하는 이유는, 지금부터 현실을 인지하는 것이 그만큼 중요하기 때문입니다. 절대 '막연히 모든 것이 나아질 것이다.'라는 류의 달콤한 말에 휘둘리지 마시길. 어른이 된 순간 당신이 발을 내딛게 될, 살아가야 할 현실이라는 것은 그런 말랑말랑한 감성으로는 버틸 수 없는 것이니까요.

소년이여, 요리하라!

그래서, 계란밥을 만들 수 있어야 합니다. 계란은 싸고 영양가도 풍부합니다. 계란밥은 계란과 찬밥 이외의 별다른 준비물이 필요치 않기 때문에 일단 만들기가 쉽고, 조리 시간도 빠릅니다. 계란밥의 조리 과정은 이미 요리의 이름 자체에 다 나타나 있기 때문에 굳이 설명하는 것이 구차하게 느껴지지만, 저는 다정한 사람이니 여러분께 친절하게 설명드리겠습니다.

우선 계란이 필요합니다. 1인분엔 한 개가 적당합니다. 마음 같아선 두 개를 쓰고 싶지만, 그러면 질척해질 수 있습니다. 프라이팬에 살짝 기름을 두릅니다. 적당히 가열이 되면 계란을 먼저 넣습니다. 나무젓가락이나 뒤집개를 이용해 몽글몽글 덩어리가 지도록 섞어 줍니다. 어느 정도 풀어진 계란이 덩어리로 뭉칠 때쯤 밥을 한 공기 넣어 줍니다. 뒤집개로 밥을 잘 풀어 계란과 밥알이 잘 섞이도록 합니다. 소금을 살짝 뿌려 간을 해 줍니다. 계란이 익어 좋은 냄새가 나기 시작하면 그릇에 담아 줍니다. 토마토케첩이 있다면 뿌려 먹으면 좋습니다. 이 과정 중에 주의해야 할 것은 아무것도 없습니다. 어떻게 하든 결국은 계란밥이 될 것이기 때문에 아무런 근심 걱정 없이 해도 됩니다. 정해진 것도 없습니다. 계란밥은 그런 음식입니다.

뜬금없이 왜 계란밥이냐고 생각하실 수도 있습니다. 이유는 간단합니다. 당신이 삶을 살아가며 마주하게 될 극한의 상황이라도, 계란 한 개와 찬밥 한 덩이는 가지고 있을 확률이 높으니 계란밥을 만드는 것만큼은 반드시 익혀야 합니다. 생존과 연관이 된 문제입니다. 게다가 맛도 훌륭합니다. 계란 한 알과 한 줌의 쌀로 만들어 낼 수 있는 음식 중 단연코 최고의 맛을 보장합니다. 그렇게 맛있는 계란밥을 든든히 먹는다면, 당신은 눈앞에 닥친 역경을 한 번 정도 다시 부딪혀 볼까란 착각을 할 수도 있을 겁니다. 착각이라고 나쁜 게 아닙니다. 착각도 하지 못하고 사는 것에 비하면 좋은 축이죠. 그러니 여러분, 계란밥을 만드는 법을 배워 두세요. 가혹한 미래를 대비하기 위해서.

소년이여, 요리하라!

계란밥

계란밥이 매력적인 또 하나의 이유는 무한 확장판이 가능하다는 점이다.
집에 파가 있다면 기름에 파를 넣어 파기름을 만들어 쓰면 맛이 한층
'레벨 업' 된다. 여유가 된다면 토마토케첩 대신 생토마토를 썰어 넣어도
좋다. 그러나 잊지 마시라. 이 음식의 가장 큰 매력은 심플함에 있다는
것을.

＊ 재료: 계란 1개, 밥 한 공기, 식용유, 소금, 토마토케첩
＊ 도구: 프라이팬, 나무젓가락이나 뒤집개

Recipe

① 적당히 달궈진 프라이팬에 식용유를 적당히 두른 뒤 계란을 넣는다.

② 나무젓가락이나 뒤집개를 이용해 계란이 몽글몽글해질
   때까지 휘저어 준다.

③ 찬밥 한 공기를 넣은 다음 잽싸게 섞어 준다.

④ 소금으로 살짝 간을 한 뒤 접시에 담고 토마토케첩을 뿌려서 먹는다.

먹으면서 이거 보면 꿀잼일걸?

'70%쯤 망한' 희망 이야기

기타노 다케시, <키즈 리턴>

기타노 다케시라는 사람이 있습니다. 일본의 명문 대학인 메이지 대학 기계공학과를 다니다 학생운동에 연루되어 대학을 중퇴한 그는 백화점, 다방, 클럽에서 종업원 일을 하며 살아갔습니다. 어느 날은 엘리베이터에서 손님들을 대신해 가고자 하는 층의 버튼을 눌러 주는 엘리베이터 보이 일을 하다가 우연히 만난 사람과 의기투합해 개그맨이 되었습니다. 다행히도 인기가 많았습니다. 최고의 개그맨 중 하나로 자리 잡았습니다. 인기도, 명예도, 돈도 얻었습니다. 그런 그가 어느 날부터 영화를 찍기 시작했습니다. 당대 최고의 개그맨이었기에 영화 역시 코미디 영화를 찍지 않을까 싶었지만, 그가 찍기 시작한 영화는 정반대라고 해도 좋을 만큼 고요하고 잔인하고 비극적이며, 또한 평화로운 영화들이었습니다.

〈키즈 리턴〉은 그가 다섯 번째로 찍은 영화로, 두 남자 고등학생의 이야기입니다. 그 둘은 학교는 가지만 수업은 듣지 않습니다. 학교 옥상에 올라가 잡담을 하거나 장난을 치며, 하루하루를 그저 떼우고 있습니다. 내키지 않는 날은 학교에도 가지 않습니다. 그렇다고 거창한 무언가를 하지도 못합니다. 아직은 너무 어리기 때문입니다. 성인 영화관에도 가 보고, 담배도 피워 보고, 술도 마셔 보지만 뭐 하나 본격적으로 하지는 못하고 그저 헤매고만 있습니다. 그러던 어느 날, 둘 중 좀 더 불량한 A는 우연히 야쿠자의 눈에 떠어 막내 야쿠자 생활을 시작합니다. 좀 덜 불량한 B도 역시 우연히 권투를 시작합니다. A와 B의 친구들도 몇몇 등장합니다. 개그맨이 되고 싶어 하는 C와 D, 커피숍의 여종업원을 남몰래 사랑하는 E. 하지만 야쿠자도, 권투도, 개그맨도, 사랑도 쉽지는 않습니다. 하지만 모두들 어떻게든, 어떤 방향으로든

기타노 다케시 감독, 〈키즈 리턴〉, 1996

소년이여, 요리하라!

성장하기 위해, 그래서 어른이 되기 위해 저마다의 자리에서 노력합니다. 그 결과 A는 야쿠자 내에서 승승장구해 부두목의 자리까지 올라갑니다. B는 프로 복서로 데뷔해 연전연승을 거듭합니다. 하지만 어른의 세계란 것이 마냥 순탄할 리는 없겠지요. A는 자기가 몸 담고 있던 조직의 두목이 살해당한 뒤, 다른 조직의 야쿠자에게 칼을 맞고 그 세계에서 물러나게 됩니다. B는 나태한 선배의 유혹에 빠져 술과 담배를 접하게 되고 결국 링에서 내려오게 됩니다. 비극적인 이야기인 것 같지만, 마냥 그렇지는 않습니다.

잠시 감독에 관한 이야기를 하겠습니다. 이 영화를 찍기 전, 감독인 기타노 다케시는 오토바이 사고로 머리에 큰 부상을 입어 안면 마비까지 왔었습니다. 한쪽 눈을 거의 깜빡이지 않고, 한쪽 입이 기괴하게 비틀린 모습의 개그맨이라니. 어찌 보면 개그맨으로서의 인생은 끝난 것이 아닌가 생각될 정도입니다. 기타노 다케시 역시 병상에 누워 '내 인생은 70%쯤 망했다.'라고 생각했다고 하니까요. 〈키즈 리턴〉은 바로 그 시점에서 만들어진 영화이기 때문에 역설적으로 희망에 대한 이야기를 합니다. 그렇다고 무조건적인 낙천은 아닙니다. 딱 '70%쯤 망한' 희망만을 보여 줍니다.

저는 대부분 사람들의 삶은 온전치 못하다고 생각합니다. 시작부터 망가져 있을 수도 있고, 살아가며 스스로 망치게 되는 경우도 있으며, 자신의 잘못은 전혀 없이 불행히 망가지게 된 경우도 있을 것입니다. 정확히 통계를 낼 수도 없고 알지도 못하지만, '내 삶은 온전하다.'라고 생각하는 이는 없다는 것은 확신할 수 있습니다. 지마다 어딘가 부서진 채 삶을 살아 내고 있을 겁니다. 그러다 어느 날, 영화 속 B가 링 위에서 상대방에게 신나게 두들겨 맞다가 '항복'을 의미하는 흰 수건이 자신의 코너에서 날아오는 것을 바라보는 장면처럼, 또 인기 절정의 개그맨으로, 성공한 영화감독으로 승승장구하던 기타노 다케시가 안면 마비에 걸리게 된 것처럼 불행은 뜻하지 않게 찾아와 우리의 삶을 박살 냅니다.

그렇게 우리에게도 한 70%쯤 망했다는 것을 실감하게 될 순간이 올 수 있습니다. 중요한 건 그것을 인정하고, 그 지점부터 다시 시작하는 것이라고 생각합니다. 물론 말처럼 쉬울 수는 없습니다. 뜻대로 되지 않을 수도 있고, 더 망가지게 될 확률도 높습니다. 하지만 머물러 있으면 끝을 알 수 없으니 두려워도 다시 나아가야 합니다. 기타노 다케시 감독은 이 영화로 재기해 이듬해 〈하나비〉로 베니스 영화제 그랑프리를 수상했고, 1999년엔 〈기쿠지로의 여름〉으로 칸 영화제 본선에도 진출을 했습니다. 지금은 세계적으로 인정받는 일본의 거장 영화감독이자 칠순이 다 되어 가는 나이임에도 여전히 웃기는 개그맨으로 활동하고 있습니다. 아마도 〈키즈 리턴〉은 '70%쯤 망했다'고 생각한 시점에서 '그래도 한번 나아가 보기로' 마음먹은 시작이 된 작품일 겁니다. 그리고 그 시작이 있

소년이여, 요리하라!

었기 때문에 지금에 올 수 있었겠죠.

그래서 A와 B, C와 D, 그리고 E는 어떤 희망을 발견하게 되냐고요?

결말은 영화로 확인하시길. 재미있습니다.